Für Claudia

Ich widme hiermit meiner verstorbenen Frau Claudia Kreß meine Autobiografie, denn ohne sie wäre das Buch wahrscheinlich nie zustande gekommen.
Ich werde dich nie vergessen, meine liebe Frau Claudia. Du warst das Beste in meinen Leben, was mir je passiert ist. Ich danke dir für die schöne Zeit, die wir miteinander verbringen durften.

In ewiger Liebe, Treue und Verbundenheit
Dein dich für immer liebender Mann
Siggi Seidel

Bibliografische Information der Deutschen Nationalbibliothek:
Die Deutsche Nationalbibliothek verzeichnet diese Publikation in der Deutschen Nationalbibliografie; detaillierte bibliografische Daten sind im Internet über http://dnb.d-nb.de abrufbar.

© 2016 Siggi Seidel

Verlag: tredition GmbH, Hamburg

Projektbetreuung: Ka & Jott, Prenzlau

ISBN Paperback: 978-3-7345-2840-8
ISBN Hardcover: 978-3-7345-2841-5
ISBN E-Book: 978-3-7345-2842-2

Über den Autor:
Siggi Seidel, der eigentlich Siegfried heißt, wurde am Freitag, den 13. April 1962 in Großauheim geboren. Dort verbrachte er seine Kindheit, bis es ihn nach Aschaffenburg, Damm in Bayern und schließlich nach Külsheim trieb, wo er bis heute lebt. Zahlreiche Schicksalsschläge prägten sein Leben und veranlassten ihn zu seinem ersten Buch. Derzeit plant der Verkaufsprofi, Entertainer und Herausgeber des SiSei-Magazines weitere Bücher, unter anderem ein Kinderbuch mit und über die bellenden Vierbeiner Snoopy & Knox.

Kontakt zum Autor:
www.siggi-seidel.de
kontakt@siggi-seidel.de

Siggi Seidel

Wo bist du?

Eine Biografie zweier Leben auf der Suche nach dem Glück

Dies ist die wahre Geschichte über das Leben eines jungen Mannes, dem prophezeit wurde: »Du bist nichts, du hast nichts, du kannst nichts, du wirst ein Versager sein!«

Dieses Buch soll all jenen, denen es ähnlich geht oder ging, ein guter Berater in aussichtslosen Situationen und Zeiten sein sowie dazu anregen, nicht gleich aufzugeben, falls etwas mal nicht so läuft, wie es sein sollte.

Packt es an! Steht immer wieder auf! Wie der Roboter, den ich als Kind hatte!

Dies ist meine Geschichte.

Der Anfang war ein schwerer Weg

Ich spürte schon immer, dass in mir was schlummert, ich wusste nur noch nicht, was es war, bis ich merkte, dass man es nur erkennen musste. Vielleicht werde ich mal was erreichen, womit ich anfangs gar nicht rechnen konnte! Ich konnte es nicht genau beschreiben. Ich wusste nur, ich suchte viele Jahre lang etwas in meinen Leben. Was es war, wusste ich erst, als ich es fand.

Aber fangen wir doch ganz von vorne an.

Mein Vater kam aus Böhmen, wo er mit seinen Eltern und seiner Schwester als Deutsche – wie so viele andere auch – von den Tschechen vertrieben wurden. Sie schafften es gerade so. Ein Freund meines Vaters hatte nicht so viel Glück. Er ist auf der Flucht gestorben.

Meine Oma war eine Schauspielerin und Tänzerin im Theater in Dresden und auf den Prager Bühnen. Leider konnte ich nicht herausfinden, wie bekannt sie war, denn ich kenne ihren Künstlernamen nicht. Früher ist keiner mit seinen bürgerlichen Namen aufgetreten. Anscheinend habe ich Omas künstlerisches Talent geerbt.

Im schönen Südhessen lernte mein Vater beim Bauern auf dem Feld, wie das so früher war, meine Mutter kennen und lieben. Er hatte immer schwer für die Familie gearbeitet, zunächst als Heizer bei den Amerikanern bei uns in der Kaserne, später dann bei der städtischen

Müllabfuhr, wo er schon um vier Uhr morgens aufstand, um in der Küche zu frühstücken. Das habe ich in meinem Nebenzimmer fast immer mitbekommen, weshalb ich zu dieser Zeit nie richtig ausschlafen konnte. Danach war er städtischer Mitarbeiter in Hanau. Durch die schwere Arbeit und durch einige Unfälle wurde er leider sehr krank, aber dies ist eine andere Geschichte.

Bei meiner Taufe hatte ich, wie es typisch auch für römisch-katholische Jungen ist, ein Taufkleid an – aber eins speziell für (werdende) Männer. Dazu trug ich volles schwarzes Haar und sah dabei aus wie ein Äffchen, fast wie ein Südländer, na ja, halt wie ein Südhesse. Später wurde es mal etwas blonder, um zum Schluss braun zu werden. Man könnte meinen, dass selbst mein Haar nicht wusste, was mal aus ihm wird!

Mit etwa vier Jahren wurden meine Schwester Erika und ich am Wasserturm in Kahl am Main von der Tageszeitung fotografiert. Mit Eistüten in der Hand und Sonnenbrillen auf den Nasen sahen wir aus wie zwei kleine Italo-Kids. Kurz danach war ich das erste Mal weiter weg von zu Hause.

Mein Vater war auf Kur an der Nordsee. Meine Mutter, Erika und meine Person fuhren mit dem Zug dorthin, um Vater zu besuchen. Dort angekommen zogen sie mir gleich eine Badehose an und trugen mich ein paar Meter mit ins Meer bei Sankt Peter Ording. Es kam eine große Welle auf uns zu und ich dachte, wir müssten ertrinken, aber die Gegend war schön: Brückchen, Bäche, Wälder und in einer kleinen Pension hingen wir die nassen Badeklamotten an den Bäumen am Waldrand auf, um sie zu trocknen. Dann gab es Abendbrot: Schwarzbrot mit Salami. Das hat mir so gut geschmeckt, da denke ich bis heute noch daran und hole mir das ab und zu aus dem Markt.

Der Ernst des Lebens

Ich war gerade fünf, da kam ich in die Vorschule (vielleicht war es auch nur ein Kindergarten), da warf ich einfach meinen Spinat an die Wand, weshalb ich auch gleich wieder nach Hause gehen durfte. Ich fand es dort sowieso scheiße!

Mit sechs kam ich dann in die richtige Schule – die Schule fürs Leben, sagte man. Also jetzt aufpassen! Natürlich passte ich nicht auf. Ich schaute aus dem Fenster und träumte von der Schulglocke. Wenn mich die Lehrerin dann etwas fragte, kam meist nicht mehr als ein »Ähhh, ähhhh«. Dann hörte ich »Setzen 6!«. Ich wurde schnell für dumm abgestempelt. Heute weiß ich von Ärzten, dass ich einfach starke Konzentrationsschwierigkeiten hatte. Damals verstanden die Leute das nicht. Sie dachten, ich würde nicht richtig zuhören. Auf Verständnis hoffte ich vergeblich.

Die folgenden Jahre in der Grundschule wurden immer schlimmer, ich hoffte, dass es bald vorbei ist. »Ich habe keinen Bock mehr drauf!«, sagte ich des Öfteren zu mir.

Bereits in der vierten Klasse wurde ich Wackelkandidat: Meine Versetzung war gefährdet.

Da ich zu dieser Zeit sehr schmächtig war und des Öfteren Kreislaufprobleme hatte, schickten mich meine

Eltern zur Kur in das Allgäu nach Sonthofen. Für mich war das jedoch alles andere als Erholung. Es war eine Qual. Ich kann mich nicht mehr genau daran erinnern, wie ich da überhaupt hinkam. Ich glaube, ich bin allein mit dem Zug gereist. Dabei war ich doch erst zehn Jahre alt und ganz alleine weit von zu Hause fort. Es war das erste Mal, dass ich ganz auf mich allein gestellt war. Die hohen, großen, nie endenden Berge gruselten mich zu Beginn sehr. Dann entdeckte ich das Spazieren für mich. Die Landschaft half mir dabei, hier sechs Wochen alleine zu verbringen. Es war eine Ewigkeit für einen kleinen ängstlichen Jungen. Ich kam mir teilweise vor wie im Knast, nur schlimmer.

In der ersten Nacht zog ein schweres Gewitter auf, das die ganze Nacht hindurch wütete. Die Wolken kamen einfach nicht aus den hohen Berggipfeln heraus. Bis heute habe ich ein zweites, derartiges Gewitter nicht mehr erlebt. Es glich einer Szene aus einem schlechten Horrorfilm. Dabei habe ich als Kind immer sehr gern diese Geisterheftchen gelesen, aber so ein Gewitter hautnah zu erleben, war für einen kleinen Bub schon was anderes!

Die Kurstätte war nicht das vornehmste Etablissement. Beim Frühstück am nächsten Tag musste ein Junge sich plötzlich auf seinen Teller übergeben. Doch er musste trotzdem weiter essen. Es war dort noch schlimmer als die Schule.

Ein anderes Mal musste ich mal ganz dringend aufs Örtchen, aber leider waren alle besetzt. Ich hielt es nicht mehr aus und es spritzte wie Wasser in meine Unterbuxe. Die Betreuer aber hielten nichts davon, mich und die Hose zu säubern. Sie schickten die Unterhose samt der braunen Brühe zu meinen Eltern nach Hause. Später schrieben meine Eltern mir eine Postkarte, in der sie mich fragten, warum ich das alles machte. Ich war ein kleiner schüchterner Junge, was sollte ich also darauf antworten? Ich antwortete nichts.

Und so ertrug ich Woche für Woche in diesem Gruselkabinett, bis endlich die sechs Wochen vorbei waren. Ich freute mich wie ein Schneekönig. »Juppi, juppi, ich kann endlich nach Hause!«, platzte es aus mir heraus. Aber meine Freude hielt nicht lang an. Meine Eltern hatten die Möglichkeit genutzt, meinen Aufenthalt um weitere zwei Wochen zu verlängern. Ich konnte es nicht fassen. In diesem Moment brach für mich eine Welt zusammen. Ich glaubte nicht, dass ich noch mal zwei Wochen hier überstehe. Und als ich dachte, es könnte nicht schlimmer werden, fing der Horror erst so richtig an.

Etwa beim Baden in der Schwimmhalle, ich war ja zehn und kein Baby mehr, dass man einfach ins Wasser schmeißt und schwimmen lernt, aber die Betreuerin stupste meinen zitternden Körper einfach in das – gefühlt weit über zwei Meter tiefe – Becken. Ich sank mit offenen Augen wie ein Stein bis auf Grund. Auf allen vieren krabbelte ich die Treppe wieder hinauf, an deren Ende dann die Betreuerin stand, die Arme in die Hüfte gestemmt. Sie sagte: »Ja, so lernt man schwimmen« und interessierte sich überhaupt nicht dafür, dass ich schon leicht blau angelaufen war und beinahe ersoffen bin. Es schien niemanden zu stören.

Nach fünf Wochen bekam ich ein Paket von meinen Eltern. »Oh, super lauter Naschzeug!«, freute ich mich und wollte mich gerade über das unerwartete Geschenk hermachen, als die Betreuerin es mir plötzlich wegnahm.

»Des is doch meins!«, erklärte ich ihr. »Nein, das wird hier an alle Kinder gerecht verteilt«, war ihre Antwort und ich sah meine Süßigkeiten nie mehr wieder. Wahrscheinlich hatte sie das Paket ihren eigenen Kindern geschenkt oder das Naschzeug selbst aufgefressen.

Aber irgendwann waren diese schlimmsten Wochen meines bis dahin zehnjährigen Lebens vorbei! Ich freute mich schon auf zu Hause, doch da bekam ich gleich die nächste Schreckensnachricht. Natürlich hatte ich meine schon vorher gefährdete Versetzung für das nächste Schuljahr nicht mit so vielen Fehlstunden geschafft.

Also vom Regen in die Traufe.

Fußball und andere Spiele

Die Probleme in der Schule hinderten mich nicht daran, meiner Leidenschaft nachzugehen. Ich ging immer raus auf die Straße, um mit meinen Freunden Fußball zu bolzen. Bei uns im Ort war jeder zweite Bub Mitglied in unseren Fußball Verein VFB 06 Großauheim. Verein für Buben? Nein, Verein für Bewegungsspiele heißt der und wurde 1906 gegründet. Damals benannten die das noch so lustig.

Wir hatten auch damals in den 60er und 70er Jahren bei uns im Ort eine offiziell unter uns gegründete Straßenfußballmeisterschaft ausgetragen. Unsere Straße, der Lerchenweg, war zwar eine der kleinsten Straßen, aber wir hatten viele Jungs von VFB, sodass wir fast immer die Straßenmeisterschaft gewannen. Des Öfteren standen wir im Finale gegen eine ganze Siedlung, die Waldsiedlung. Zum Vergleich: Das wäre so, als würden wir als Monaco gegen Deutschland spielen.

Gegenüber von mir wohnte eine befreundete Familie, die gleich drei Jungs hatte, die beim VFB spielten und zudem auch alle super Fußballer waren. Ich dachte immer, sie würden mindestens mal in der 2. Liga spielen. Ihr Vater spielte früher beim VfL Wolfsburg. Damals kannte man den Verein noch nicht so gut wie heute.

Natürlich bin ich dann auch mal zum VFB gegangen, um zu trainieren. Dort schaute ich immer auf die

Holzkiste vor dem Zeitschriftenladen, wo unsere Aufstellung hing. Zu Beginn suchte ich vergeblich darauf meinen Namen. Erst nach und nach wurde ich des Öfteren mal im Kader eingesetzt, zunächst als Reservespieler, dann als Abwehrspieler und dann endlich auch mal im Sturm wie mein damals großes Vorbild Gerd Müller. Na ja, ganz so gut war ich natürlich nicht, wie auch sonst keiner nach Gerdi. Er war einfach ein Ausnahmestürmer.

Es gab da ein Fußballspiel, das ich nie vergessen werde. Wir spielten beim Tabellenzweiten. Wir waren damals auch Zweiter, allerdings von unten. In der Halbzeit lagen wir 0:2 hinten, aber dann kam unsere große Zeit. Ich, ja ich, und mein damals bester VFB-Kumpel Ferdi schossen jeder ein Tor. Und unser Torwart, Hansi F., hielt das Unentschieden fest! Wir hatten uns so gefreut, als wären wir gerade Weltmeister geworden.

Und das Schönste dabei war, dass mein späterer Schwager Reiner das alles mit seiner Super-8-Kamera aufgenommen hatte. Immer wieder sahen Ferdi und ich uns den Film an. Unsere Tore, unser Spiel. Jedes Mal sagen wir uns dann: »Siehst du, so sind wir Weltmeister geworden!«

Der Fußball hat mich nicht nur von den Schulproblemen abgelenkt, sondern auch aus meinem ersten Lebenstief meiner Teenie-Jahre herausgeholfen.

Mit meinen Freunden Thomas, seinen Brüdern Stephan und Michael P., Bernd P., Klaus und Jürgen M., Hans-Jürgen S., Ingo K., Susi L. und noch vielen weiteren, die ich hier gar nicht alle aufzählen kann, habe ich viel erlebt. In meiner Jugend war ich in so vielen Cliquen, dass ich fast tausend Leute kannte. Viele davon kennen mich heute noch. Mir dagegen fällt es oft schwer, den passenden Namen oder Spitznamen einem Gesicht zuzuordnen. Da ist Facebook eine tolle Erfindung. Ich freue mich immer, wenn ich ein bekanntes Gesicht wiederfinde. Das lässt Erinnerungen lebendig werden.

Einmal bauten wir zwischen den kleinen Bäumen hinter den Blöcken bei Thomas aus ganz vielen Decken eine richtige kleine Zeltstadt. Dazu brachte jeder ein paar Decken mit, die wir über die gespannten Wäscheseile mit Klammern aufhängten, bis das Zelt fast so groß wie unser Wohnzimmer war. Jeder brachte dann etwas Essen und Trinken mit. Einmal bekam ich von meinen Vater US-Konserven aus seiner Zeit bei den Amis. Darin waren Kekse, Schokolade und viele andere schöne Sachen. Egal, was es war, uns schmeckte alles und die Dosen waren im Nu leer.

Als Klaus und Jürgen mit ihrer Mutter in die Waldsiedlung zogen, besuchte ich sie des Öfteren und blieb meist, bis es dunkel wurde, danach radelte ich wieder nach Hause.

Heute überlegte ich mir manchmal, wie gefährlich das eigentlich war, als kleiner Junge ganz allein, teilweise durch dunklen Wald und unbewohnte Gegenden zu fahren. Es hätte ja ein böser oder perverser Onkel überall hinter einem Baum stehen können.

Eigentlich hatte ich eine schöne Kindheit mit vielen Spielen, zum Beispiel ein Tisch-Eishockey-Spiel. Am meisten haben wir aber Tipp-Kick gespielt. Ein paar Jahre später gründete ich sogar einen offiziell angemeldeten, echten Tipp-Kick-Verein, um an den Deutschen Meisterschaften teilnehmen zu können. Er hieß Ajax 80 Großauheim. Aber leider wurde ich zu sehr von etwas anderem abgelenkt, natürlich durch Mädels, die ab da in mein Leben traten.

Erste Mädels und weitere Lebenserfahrungen

Es begann die neue Schulzeit in einer neuen Schule mit lauter neuen Schülern. Am Anfang war es sehr schwer – bis zu dem Tag, als mich im Winter ein größerer Junge um die Bänke jagte. Es war so glatt und ich so schnell, dass er ausrutschte und voll in den Schnee fiel. Nicht nur wir Jüngeren standen da und lachten ihn aus, sondern auch seine Klassenkameraden grölten. Dabei lernte ich Kallsche kennen, mit dem ich bis heute noch Kontakt habe, und da waren noch Kuckuck, Otto, Pizza und der Zeiger.

Durch Kallsche erfuhr ich viel über Musik. Er war der größte The Sweet-Fan, wie die meisten Jungs in der Schule, nur Kuckuck nicht, der war Queen-Fan.

In meiner Freizeit spielte ich gerne mit Freunden auf der Straße und in der Umgebung. Natürlich fast jeden Tag Ballspiele und natürlich meistens Fußball. Aber auch Stangenball stand ganz oben auf der Beliebtheitsliste. Wir spielten es zwischen den Wäschestangen, die es damals noch massenweise hinter den Häusern gab. Es waren Stangen mit Haken für die Wäscheleinen daran, an die unsere Mütter die Wäsche aufhängten. Aber wenn da mal keine Wäsche hing, waren das unsere Tore, unsere Spielgeräte. Der Fantasie waren da keine Grenzen gesetzt. Wir spielten unser Stangenball, mal mit Werfen, mal mit dem Kopf oder mit der Faust. Und wenn einer den Ball zu heftig abwehrte, flog er schon mal auf die angrenzenden Garagendächer, wo wir dann drauf krabbelten, um den Ball wiederzuholen. Während wir die Garagen bestiegen, mussten wir tierisch aufpassen, dass wir nicht vom Hausmeister erwischt wurden, der uns sonst ein paar Kilometer nachrannte, um uns den Hintern zu versohlen. Er kriegte uns aber nie, denn wir rannten wie die Windhunde. Wir flogen regelrecht über die Hecken und Büsche hinweg – wie Hürdenläufer. Der Hausmeister musste meist nach wenigen hundert Metern aufgeben. Entweder weil ihm die Puste ausging oder aber weil er in irgend einem Gebüsch gelandet war.

Ich weiß nicht, ob wir es erfunden hatten, aber wir spielten immer ein Spiel, das wir Rollerball nannten. Manche spielten mit Rollschuhen, die meisten aber ohne. Wir nahmen einfach einen Tennisball und bauten uns einen Holzschläger, der aussah wie ein Eishockey-Schläger. Zuerst waren es nur Thomas, seine Brüder und ich, die dieses Spiel spielten, aber mit der Zeit kamen immer mehr Jungs aus allen umliegenden Straßen mit ihren selbstgebauten Schlägern dazu. Wir spielten an den Ecken, die eigentlich als Parkplätze vorgesehen waren, in der Straße wo Schlacker wohnte, an der Ecke bei den Baumgartens. Hier veranstalteten wir ganze Turniere. Wenn ich daran zurückdenke, hat es einfach sehr viel Spaß gemacht, obwohl es schon sehr gefährlich war, wenn einer mal mit hoher Geschwindigkeit auf den Straßenbelag donnerte. Diese Schmerzen spürt man heute noch in den Knochen. Ja, wir machten viel aus dem Wenigen, was wir hatten, allein durch unsere Fantasie. In der heutigen Zeit möchte ja jeder nur schnell mal in den Laden gehen, um sich irgendein Spiel zu kaufen, das dann nächste Woche schon wieder in der Ecke liegt.

Ich konnte meistens nicht durchspielen und musste gegen Mittag mit dem Spielen aufhören, denn ich sollte meiner Mutter beim Austragen der Tageszeitung helfen. Es war die älteste und größte in Hanau: der Hanauer Anzeiger. »Och, man!«, sagte ich dann immer. Später hatte ich dann eine eigene Tour mit ca. 100 Zeitungen auszutragen. Dazu musste ich jeden Tag, außer sonntags, auch in die besagte Fußballgegner-Waldsiedlung am anderen Ende der Stadt radeln, um meine Zeitungen auszuteilen. Ich hatte mir dazu auf mein Radel extra einen Kilometerzähler anbauen lassen. Der zeigte später mal weit über 250.000 Kilometer an.

Aber das Austragen war nicht immer schön. In der einen Villensiedlung wurde ich zwar zu Weihnachten immer schön mit Geld und Schokolade beschenkt, aber da waren fast an jedem dritten Zaun Hunde. Ein kleiner Schnauzer kläffte immer besonders. Aber das ging ja noch. Sonst waren da meist nur noch große Hunde. Auweia! Und eines Tages, beim letzen und größten Hund, einer Dogge, da war das Tor offen. Ach du scheiße, dachte ich. Die Dogge lief da frei herum! Ich steckte also ganz vorsichtig meine Zeitung in den Kasten. Als ich dachte, ich hätte es überstanden, bemerkte ich ein Schnaufen hinter mir, schaute so leicht über meine Schulter und – oh Gott – da war die Dogge! Ich fuhr so schnell, wie ich noch nie zuvor gefahren bin. Dann konnte ich sie irgendwie abhängen. Das hatte mir einen gewaltigen Schrecken eingejagt. Später übernahm die Familie von Thomas P. diese Zeitungs-Tour.

Eines Tages spielten ein paar Nachbarjungs mit mir Straßenfederball. Mit dabei war auch ihre kleinere Schwester. Da schaute sie mich auf einmal so merkwürdig an und immer wieder schaute sie, dass ich mich schon wunderte. Ich wusste gar nicht, was sie wollte. Hatte ich etwas Komisches gemacht? Sah ich komisch aus?

Später fing ich an, ebenfalls zu beobachten. Ich sah auf einmal beim Zeitungaustragen die kleine blonde, freche Göre, die neu in unserer Schule war: Heike M. Aber warum beobachtete ich sie? Ich hatte auf einmal so ungewohnte, neue Gefühle, die ich bis dahin gar nicht kannte. Ja, ich war zum ersten Mal verknallt, und immer wenn ich da extra vorbeifuhr, es lag nicht so ganz auf meiner eigentlichen Strecke, schaute ich ihr aus sicherer Entfernung eine Weile zu, aber das war es dann auch.

Als ich in den gegenüberliegenden Blöcken auf dem Spielplatz die Rutschbahn runterrutschen wollte, blieb ich irgendwie mit den Fuß hängen und fiel plötzlich die Rutsche von ganz oben runter. Es müssen etwa zwei Meter gewesen sein, die ich in die rote Tartanbahnerde hinabfiel. Ich lief weinend nach Hause, das Gesicht ganz rot von der Erde. Meine Mutter meinte nur, ich solle mir den Dreck abwaschen. »Du bist ja ganz dreckig!« Tröstende Worte? Fehlanzeige. Manchmal fragte ich mich, ob ich überhaupt ihr richtiger Sohn bin, denn ich kann mich nicht an keine Umarmungen, Tröstungen oder irgendwelche netten Worte von ihr erinnern. Ein »Ich habe dich lieb, mein Kind« hörte ich von meinen Eltern leider nie.

Zehn war für mich das schlimmste Alter. Ja, ich gebe offen zu, ich habe auch mal was geklaut. Ich hatte meinem Vater gesagt, dass ich unbedingt den tollen Matchbox-Oldtimer aus dem Markt haben wollte, aber er sagte natürlich Nein. Da stand ich nun mit dem Einkauf vor der Kasse und die tollen Matchbox-Autos gleich daneben. In einem – wie ich dachte – unbeobachtetem Moment steckte ich mir das Auto einfach in den Beutel. Nur kurze Zeit später kam auch gleich der Detektiv und nahm mich mit hinter in sein Büro. Kaum zu Hause angekommen, drohte mir mein Vater, mich deswegen in ein Heim zu stecken. Ich hatte eine riesige Angst davor und wollte einfach weglaufen. Aber wo sollte ich denn mit zehn Jahren hin? Was mich in dieser Zeit auch sehr traf, war der Auszug meiner älteren Schwester Erika, die zu ihrem Freund zog. Sie hatte mir bei Hausaufgaben und Kummer stets zur Seite gestanden.

Und dann noch ist mein liebster Cousin, Horst K., mit erst 28 Jahren an einer Lungenentzündung gestorben. Sein Hausarzt schickte ihn von der Praxis nach Hause, weil er meinte, er hätte nur eine Erkältung und sollte sich ins Bett legen. Dort erstickte er dann an seinem Erbrochenem und starb. Er war wie ein großer Bruder für mich und meine Schwester. Eigentlich war er sehr fit und einmal Profiringer gewesen. Das hat uns alle schwer getroffen.

Wir machten auch sonst in unserer Clique aus Großauheim sehr viele Radtouren, besonders am 1. Mai. Aber anders als üblich waren auch ein paar Mädels dabei und sind mit geradelt: Susanne von gegenüber mit ihrer Freundin Elke. Die meisten Jungs standen auf Susanne, aber sie hatte damals ein Freund, der aussah wie Billy Idol.

Erste Freundinnen und die Musik

Als in unserem Ort ein Jugendtreff, das Teehaus, öffnete, waren zwar viele älter als ich, aber das hat mich nicht gestört. Ich ging öfter hin, denn das Unbekannte reizte mich. Dann fragte mich der Stamm-DJ Hansi: »Willste auch mal auflegen?« Ich sagte natürlich Ja. Am Anfang war es etwas stressig, aber dann machte es mir richtig Spaß. Ich brachte auch eigene Schallplatten mit, die den Leuten dort auch gefallen hatten, und dadurch bekam ich auch etwas mehr Kontakt zu den Mädels.

Und eines Abends knutschte ich dann das erste Mal! Dabei kannte ich nicht einmal ihren Namen. Wir fragten uns das erst später, kurz bevor wir uns verabschiedeten. Die ganze Liebesgeschichte hielt aber nur ein paar Tage an, denn ich »verliebte« mich neu und knutschte mit einer anderen. Erst später erfuhr ich, dass es die Schwester meiner ersten Geliebten war. So knutschte ich mit zwei Mädels, hatte aber doch keine Freundin. Nach diesen beiden hatte ich gleich zwei neue Knutschfreundinnen, die zwar keine Geschwister waren, dafür aber den gleichen Namen trugen. Beide hießen Uschi.

Im Jahre 1977, auf der Heimfahrt mit der Familie Hennings von gegenüber, wo wir meinen Vater auf der Kur in Bad Kissingen besucht hatten, hörten wir im Radio, dass Elvis Presley gestorben war. Das machte mich traurig, weil ich ihn mochte. In dieser Zeit hing mein Zimmer voller Plakate von ihm, die ich später dem kleinen Bruder vom Pastor schenkte, der sich riesig darüber freute, denn er war auch Elvis-Fan. Ich verschenkte früher immer gern Sachen, die ich nicht mehr wollte, an Freunde, um diesen auch eine Freude zu machen.

Ich hatte auch mal eine Weile lang im Background der in Großauheim sehr bekannten Gruppe »Stimmband« bei Winnie mitgesungen, hatte aber ein Mädel aus Großkrotzenburg dafür besorgt, die dann meinen Part übernahm. Es war aber eine schöne Zeit und ein tolles Gefühl, die alten Songs von den Beatles und Rolling Stones zu spielen.

Kallsche und ich gingen dann auch weiter zusammen auf die letzte Schule, wo wir unseren Schulabschluss machten.

Dort gab es eine Englischlehrerin, die gar nicht so viel älter wie wir war und die immer knallenge Jeans getragen hatte. Es war Frau G. Wir Jungs starrten mehr auf sie als auf die Tafel und zum ersten Mal in unserem Leben machte uns die Schule Spaß. Und obwohl wir sehr abgelenkt waren, bekamen wir gute Noten. Das war ganz neu für mich. Sogar beim Vorsingen bekam ich auf einmal eine Zwei! Die letzten Schuljahre hauten doch noch ein paar bis dahin öde Schuljahre weg.

In diese Schule gingen auch noch Fritzi, Roger L., Rettich und Winnetou. Wenn einer mal keinen Spitznamen hatte, verpasste ihnen meistens Kallsche einen.

Einmal waren sie alle mal bei mir. Ich hatte einen alten, flachen Kassettenrecorder, den meine Schwester noch da gelassen hatte. Da konnte man eine Musikbox dran anschließen und wir liefen alle mit lauter Musik von »The Sweet« zu unserem Hochhaus-Spielplatz-Treff. Ich hielt den Recorder und Winnetou hatte die Box auf den

Schultern. Ich kam mir vor wie in der Bronx. Dort trafen wir auch Susi W. und ihren damaligen Freund. Da wusste ich noch nicht, dass Susi in meinem späteren Leben auch noch eine Rolle spielen sollte.

Mein Vater gab zu meinen 16. Geburtstag letztmalig eine Party auf seine Kosten im Großauheimer Ratskeller bei Lotz in der Gaststätte, wo sich alle VFB-Spieler damals trafen, und heute Sternekoch Frank Rosin seine TV Sendung drehte. All meine Freunde waren eingeladen. Zu meiner großen Überraschung kamen auch fast alle aus meiner Fußballmannschaft. Ich hatte ihr Kommen gar nicht bemerkt, da ich gerade nach oben ging, um frische Getränke zu holen. Meinem Vater gefiel das natürlich gar nicht, denn er bezahlte schließlich die Party. Aber das störte uns nicht. »Schee wars!«

Teehaus und Kahler Zeiten

Eines Tages kam mal Kallsche mit in das Teehaus, mit einem Kollegen aus der Berufsschule, die wir alle inzwischen besuchten. Beide hatten nun eine Freundin. Und weil sie Drillinge waren, fragten sie mich, ob ich denn nicht mal mitkommen wollte, eine wäre noch zu haben.

Wir schwangen uns also auf unsere Mopeds und fuhren los nach Unterfranken in das Sandhasengebiet nach Kahl am Main. Nachdem wir ein paar Kilometer durch den dunklen Wald gefahren waren, kamen wir endlich an. Sie wurde mir auch gleich vorgestellt. Sie war das hübscheste Mädel, das ich bis dahin gesehen hatte. Ab diesem Tag waren wir sechs jeden Tag bei ihnen im Haus in einem Hinterzimmer mit Knutschen beschäftigt. Wir waren auch immer zu sechst unterwegs und hatten gemeinsam viel Spaß.

Leider hatte ich in dieser Zeit auch zwei Mopedunfälle. Einmal, als ich nachts durch den dunklen Wald fuhr, mein Licht war zu allem Übel defekt, knallte ich mitten auf dem Weg gegen eine unbeleuchtete Baustelle. Ich donnerte voll drauf. »Aua, aua!« Aber ich hatte Glück und konnte weiterfahren. Ein anderes Mal fuhr ich mit Kallsche und seinem Kollegen Schmittschen in Richtung Kahl. Bevor ich in die Bundesstraße biegen wollte, kam von oben ein Auto angedonnert und ich musste voll auf die Bremsen. Ich rutschte die Fahrbahn entlang. Der Autofahrer interessierte sich herzlich wenig dafür. Er fuhr einfach weiter. Kallsche und Schmittschen halfen mir auf. Anders als im Wald musste ich nun aber doch zu einem Doc. Einer meiner Finger war durch das Rutschen auf der Fahrbahn richtig abgeklappt. Das sah nicht gut aus.

Wir sind auch mal alle zusammen zu einem Schuhplattler-Training der Mädels mitgegangen und haben dort zugeschaut. Der Seppel fragte uns auch noch, ob wir denn keine Lust hätten, bei denen mitzumachen, denn sie suchten immer »junge Purschen«. »Nee, nee, lass mal sein«, sagten wir. Heute würde ich das mal probieren. Des wer doch e Gaudi nee wor!

Heiße Räder und Begegnungen

Als ich eines Tages Kallsche, der im Nachbarort Großkrotzenburg wohnte, abholen wollte, sprach mich ein
Nachbar und Freund von ihm an. Es war Ingo G. Er
fragte mich, ob ich nicht mal Bock hätte, in seinen MC
in Kahl a. M. mit zu kommen. Gesagt, getan. Schon bald
stellte er mich den Jungs und Mädels vor, und ich war
dabei. Ingo trat leider kurz danach aus.

Am besten verstand ich mich da mit Johannes E., dem
Kallsche natürlich auch einen Spitznamen verpasste. Der
»Schönling« wurde er bald nur noch von uns genannt.
Ich denke, Johannes weiß wahrscheinlich bis heute nicht,
dass er damals so genannt wurde. Ich muss zugeben, ja,
er sah auch in dieser Zeit ganz gut aus. Dafür sehe ich
jetzt – im reiferen Alter – besser aus. Sorry, Johannes, das
ist mir so gesagt worden.

Meistens ist es doch so, dass jeder mal eine Zeit hat,
in der er sich am besten fühlt. Bei mir war das im Alter
zwischen 24 und 36.

Im MC war ich mit etwas über 16 lenzen der Jüngste
und hatte das kleinste Moped. Darum musste ich, wenn
wir unterwegs waren, immer vorne wegfahren. Des Öfteren fuhren wir auch mal durch meinen Heimatort Großauheim. Dort – am bekannten Rochus-Platz – trafen sich
alle. Da standen dann immer so um die 50 große Bikes

zusammen, die sie – wie bei Mad Max – mit einer Handbewegung des Anführers Schlacker starteten. Man hätte denken können, es wäre ein großer MC, aber eigentlich kamen hier einfach nur alle Jungs aus den umliegenden Ortschaften zusammen. Diese trafen sich auch meistens im Teehaus, wo auch öfter mal Tische und anderes Mobiliar durch die Luft flog.

Eines Tages machten die zwei anderen Schwestern meiner Freundin Schluss mit Kallsche und seinem Kollegen Schmittschen. Meine Birgit meinte dann zu mir, da sie Drillinge sind, muss sie jetzt auch mit mir Schluss machen.

Später lernte ich auf der Kerb in Großkrotzenburg, wo ich mit meinen neuen Moped ganz stolz vorfuhr und es dann cool mit den Seitenständer beim Autoscooter abstellte, zwei Blondinen kennen. Ich lehnte mich lässig an die Stange und sprach die eine von beiden an. Es war Gaby.

Ein paar Tage vergingen, ich kam müde von meiner Lehrstelle zum Schmied, die ich inzwischen angetreten hatte, nach Hause. Ich hatte die Lehrstelle über meinen Vater bekommen, mein Traumberuf war das nicht. An diesem Abend – ich lag schon früh in meinem Bett – weckte mich meine Mutter und sagte, da wäre ein Mädel für mich am Telefon.

»Hi, ich bin's. Können wir uns mal treffen? Da gibt es den einen oder anderen, der lauter Blödsinn über mich erzählt«, sagte das Mädel am Telefon zu mir. Ich sagte ihr zu und fuhr hin. Es war das zweite Mädel, die Freundin von Gaby. Als wir uns trafen, fragte ich sie, was sie am Telefon meinte. Plötzlich knutschte sie mich einfach stürmisch ab.

Sie hatte blonde Engelslocken. Ihr Name war Heike K.

Sie war das erste Mädel, mit der ich Erotik erlebte. Manchmal kam ich mir vor wie in dem Film »9 ½

Wochen«. Einmal hatten wir sturmfreie Bude, als ihre Eltern nicht da waren. Sie hatte das größte Bett, das ich bis dahin gesehen hatte. Ein riesiges Ding! Ich konnte mit ausgestreckten Armen darauf liegen und berührte weder die eine noch die andere Bettkante. Es war eine richtige Spielwiese.

Wir bekamen dann großen Hunger. Sie holte aus dem Kühlschrank zwei Schnitzel raus, die sie einfach unter Wasser hielt und gleich danach in die Panade legen wollte. Aber soweit ich das von meiner Mutter wusste, gehörten da erst Ei und Gewürze dran. Meine Mutter war mal Köchin in einem bekannten Hotel in Großauheim und konnte wirklich gut kochen.

Wir beide spazierten des Öfteren mit dem Kinderwagen durch Großauheim und fast jeder fragte uns, ob es unser Kind wäre, weil Heike und das Kind beide blond waren. Nein, es war meine Nichte Tanja. Ich war doch erst 17 und sie noch jünger. Sie war auch das erste Mädel, das mich fragte, ob wir uns nicht verloben wollten, aber zu dieser Zeit war ich noch nicht reif dafür und sagte ihr daraufhin, dass wir erst einmal mit einem Freundschaftsring anfangen sollten. Wir mochten uns, aber nach einer gewissen Zeit war sie kein Engel mehr. Ich machte des Öfteren daran, mit ihr Schluss zu machen, aber wir trafen uns weiter und dasselbe machte sie dann anders rum, weil sie es mir gleich tun wollte.

Da sah ich sie eines Tages hinten auf dem Bike von Schlacker! Ich bin sofort hinterhergefahren bis vor ihr Haus. Dort standen sie dann. Ich stellte mein Moped ab und sagte zu Schlacker, dass ich allein mit ihr reden möchte. Ich dachte, jetzt fliegen gleich die Fetzen, aber er stieg ganz locker auf seinen Hocker und düste ab. Und das war auch das Ende mit ihr.

Später habe ich sie noch ein Mal gesehen, und zwar im TV. Dort spielte sie in dem Film »Car Napping« eine kleine Rolle. Sie spielte eine Punkerin mit einer Ratte auf der Schulter. Dabei spielte sie es nicht nur, sie war mittlerweile wirklich ein Punk und lebte in Berlin. Also von den Engelslocken zum Punk.

Einmal klingelte es bei uns an der Tür, meine Mutter machte auf und sagte: »Da ist ein Mädel, das möchte zu dir«. Ich ging an die Türe und das Mädel meinte: »Du bist doch gar nicht der Siggi, wo ich meine« Ich antwortete ihr, dass in unserer Straße drei Siggis wohnen: auf Nr. 1, 3 und auf Nr. 7. »Geh doch die anderen zwei mal besuchen, vielleicht ist ja derjenige dabei, den du suchst!«

Auf der Kahler Kerb war ich mit ein paar Mädels aus Großkrotzenburg. Da kamen so ein paar Kahler Rocker und schlugen einfach ein paar Jungs, die da einzeln rumstanden zusammen. Und ruck zuck, ohne dass ich es sah, kamen von halb hinter mir zwei bis drei der Rocker auf mich zu. Dann spürte ich einen Schlag in meinem Gesicht, konnte den einen oder anderen gerade noch zur Seite stoßen und spurtete zu meinem Moped. Dann suchte ich erst mal Asyl bei Kallsche in Großkrotzenburg. An diesem Tag gab es noch mehr Jungs aus Großkrotzenburg, die auf diese Typen trafen und später – auf der Großkrotzenburger Kerb – kamen schon wieder diese komischen Rocker aus Kahl in Massen an – teilweise ältere Typen auf Mofas. Das sah zwar eher etwas lustig aus, aber die Masse machte es gefährlich und ich fuhr ganz schnell nach Großauheim, um ein paar Leute zu holen. Ich gehörte zwar nicht zu der Clique, aber ich versuchte es einmal, ob der eine oder andere den Großkrotzenburgern zur Hilfe kommt. Ich kam in der Pizzeria an und Schlacker spielte gerade Billard. Er hatte erst nicht viel Interesse, hinzufahren, aber als die anderen das hörten, sind sie in Massen abgezogen nach Großkrotzenburg. Vorne weg Erich in seinem Tomaso de Pantera, so eine flache Flunder, eine Art Ferrari und dahinter über 30 große Motorräder und noch ein paar Autos. Am Ende fuhr ich mit meinem Moped nach Großkrotzenburg. Als wir dort ankamen, war schon alles vorbei, denn die Grotzenburger hatten schon viele von denen verhauen und der Rest – außer zwei von denen, die mit zerrissener Kutte auf dem Rasen saßen, ist geflohen, weil sie dachten, es käme eine große Rockerbande aus Frankfurt. Danach hat man diese Typen zumindest in unserer Region nicht mehr gesehen. Nur in der Zeitung stand später, dass einige Kriminelle in Kahl und Umgebung ihr Unwesen trieben. Da waren nur noch mal auf einer Großkrotzenburger Kerb ein paar von der Hanauer Schüßler-Bande da, aber da war ich zum Glück mit meinem Kumpel Mike H. da, den sie kannten, weil er ein bekannter Boxer in Hanau war.

Enttäuschung und Schmerz

Es gab einen schweren Unfall. Alex, ein Freund von Schlacker, stieß mit einen Tanklastzug zusammen. Sein Bike und er fingen sofort Feuer. Schlacker zog ihn noch brennend von der Unfallstelle fort, aber Alex starb später an seinen schweren Verletzungen. Bei seiner Beerdigung kamen mehr als 2.000 Leute und mindestens 1.000 Bikes standen vor dem Friedhof. Es war die größte Beerdigung, der ich je beiwohnte, und die sehr traurig war.

Ich weiß gar nicht mehr genau, woher ich jetzt die Bekanntschaft von Michael W. aus der Bahnhofstraße machte. Ich glaube aus dem Alt Auheim. Er war so ein Sascha-Hehn-Typ. An einem Tag fuhr ich bei Michael und seinem Vater mit, die gerade zum Sportflugplatz fuhren, da Michael keine Lust hatte, bei seinem Vater mitzufliegen, sagte er zu mir: »Flieg du doch einfach mit, Siggi!«. Er steuerte auf Hanau zu und sagte mir dann: »Übernimm mal und drehe die Maschine über Hanau retour«. Und ich übernahm auf dem Copilotensitz und flog zurück. Vor lauter Aufregung schaute ich gar nicht zu ihm rüber, ob er nicht flog. Dann sagte er noch, ich solle jetzt auch landen. Da lehnte ich aber dankend ab. Heute nicht.

Michaels Vater brachte uns auch einmal zu einer Fasnachtsveranstaltung in Neuberg Rüdigheim. Dort machte Michael mit einer seiner Freundinnen wieder mal Schluss, weshalb sie sich wie üblich bei mir ausweinte. Wir saßen in der Kellerbar. In der zwischen Zeit war Michaels Vater schon da, um uns wieder abzuholen. Da sie mich nicht gleich fanden, haben sie mich dort zurückgelassen. Verkleidet mit alten Klamotten und einem Hut von meinem Vater musste ich trampen. Aber ich hatte kein Glück. Keiner hielt an, alle fuhren vorbei. Ich bin dann immer weiter Richtung Großauheim gelaufen, bis ich nach über zwei Stunden bei schon aufgehender Sonne endlich und vollkommen fertig zu Hause ankam. Ich schwor mir, dass ich mit Michael keinen Kontakt mehr haben wollte.

Vom Lehrling zum Rebell

Meine Lehre bei meinen Schmiedemeister B. war auch nicht gerade meine schönste Zeit. Schon nach einigen Wochen sollte ich, ohne es vorher gemacht zu haben, ein Eingangstor fertig schweißen. Natürlich brannte ich Löcher hinein. Daraufhin schrie er mich an und lies mich ab da nicht mehr schweißen. Und wenn was nicht gleich funktionierte, schmiss er auch schon mal mit dem Hammer oder anderem Werkzeug nach mir.

Erst nach eineinhalb Jahren schickte er mich zu meinem ersten Schweißlehrgang zur Handwerkskammer nach Hanau. Dort fiel dem Ausbilder auf, dass ich darin noch nicht so viel Erfahrung hatte und er fragte mich warum. Ich erzählte ihm von meiner Geschichte und er schüttelte nur mit dem Kopf. Ja, was sollte er auch dazu sagen? Zur Zwischenprüfung schickte mich mein Meister erst gar nicht. »Den Scheiß brauchste net!«, meinte er.

Eines Tages hatte er mal wieder einen seiner Wutausbrüche und schrie »Hau ab!«, aber er hat sicher nicht damit gerechnet, dass ich es wirklich mache. Ich ging zu meinem Radel und fuhr nach Hause. Vor lauter Frust legte ich mich in mein Bett und schmollte vor mich hin, bis meine Mutter in mein Zimmer kam und mir mitteilte, dass mein Meister gerade angerufen hat. »Du sollst sofort wiederkommen!«

»Ja, ja«, sagte ich, drehte mich erst noch mal um und fuhr dann ganz langsam wieder in die Werkstatt zurück.

Von da ab sagte ich zu mir: »Mit mir nicht mehr!«, und ließ ab sofort immer meinen Kommentar zu allem ab, lies mir von keinem mehr was gefallen, egal ob es dabei um einen eins neunzig großen und einhunderfünfzig Kilo schweren Schmiedemeister oder wen auch immer handelte. Jeder Mensch ist etwas Besonderes und sollte nie der Sklave eines anderen sein!

Joachim B., der schon im 3. Lehrjahr war, und mit mir in der B-Jugend beim VFB trainierte, übte mit mir heimlich das Schweißen, wenn der Meister nicht da war. Joachim ist bei der Gesellenprüfung beim ersten Mal knapp in der Theorie gescheitert, später bei meiner Gesellenprüfung sagte mein Meister: »Da brauchste gar net hin, des packste wie so net!« Aber zu dieser Prüfung musste er mich hinschicken, von der ich mit einem Grinsen zurückkam, denn ich, der nichts kann, hatte beim ersten Mal bestanden!

Normalerweise darf man sein Gesellenstück ja behalten, ich leider nicht. Er sagte zu mir: »Bring das wieder her, das sind meine Eisen, wo ich dir gegeben habe! Die brauchen wir hier zur Verarbeitung!«

Und so bin ich jetzt ein Schmiedgeselle ohne vorzeigbares Gesellenstück.

Im Gegensatz zur Werkstatt des Meisters war es in der Berufsschule etwas besser. Dort hatte ich viele Freunde gefunden: Roland P., Ralf S., Mucki S., und einer hieß Manni Bender, wie der FC-Bayern-Spieler, und sogar Kallsche war auf dieser Schule (aber in einer Parallelklasse). Roland kam auch mal öfter zu mir und Kallsche. Sie nannten ihn Cary Grand – vor allem die Mädels.

Ich habe noch eine Weile für einen miesen Gesellenlohn gearbeitet, bis ich dann die Schmiede verlassen habe.

Zumindest war ich jetzt Siegfried, der Schmied – wie in der Sage. Der war ja auch erst Schmied, bevor er wusste, dass er ein Prinz ist. (Na ja, schaun mer mal!)

Dann wurde ich wieder als Schlosser und Schweißer vermittelt, weil ich das ja gelernt hatte, aber ich merkte immer mehr, dass das eigentlich nicht mein Ding ist.

Zu meinem 18. Geburtstag ist ein italienischer Klassenkollege aus der Berufsschule mit mir in das Rotlichtmilieu nach Frankfurt a. M. gefahren. Dort gingen wir in so ein Haus mit roter Beleuchtung hinein und er wollte mir zum Geburtstag eine Dame ausgeben, aber ich sagte ihm ab. Das ist nichts für mich. Er dagegen ging hinein, geradewegs auf eine der schon heftig winkenden Damen zu. Ich wartete draußen. Anschließend sind wir dann was Trinken gegangen.

Mein ehemaliger Nachbar und Kumpel Pastor hatte in Hanau eine Tankstelle und wohnte auch da um die Ecke, wo ich ihn mal besuchte. Seine Frau sah damals aus wie Romy Schneider. Ihn habe ich viele Jahre später auch im Netz bei WKW getroffen. Er wohnt jetzt bei Gelnhausen. Fast keiner der alten Bekannten wohnt noch in Großauheim. Kein Wunder, dass Großauheim nicht mehr der größte Stadtteil von Hanau ist.

Verkaufen und ein Häuptling auf dem Dach

Meine Schwester Erika sagte mir, in ihrem Kaufhaus Hertie in Hanau, wo sie arbeitete, ist eine Propaganda-Dame ausgefallen und dass sie dafür nun Ersatz suchen würden. Ich meldete mich da und schau an, sie nahmen mich gleich. Leider war die Schulung für das Produkt, das ich verkaufen sollte, schon gelaufen. Ich sagte, das macht auch nichts, und las mir das Infomaterial durch, stellte mich an meinen Stand in der Spielwarenabteilung und verkaufte einfach drauf los. Die kleinen »Data Autosche« zum Aufziehen mit der »Faller-Probebahn«. Ich verdiente vier Mal so viel. Kein Vergleich zu meinem Gesellengehalt vorher. Die Firma war voll zufrieden mit mir, denn ich verkaufte über Weihnachten – als erster Verkäufer überhaupt – den ganzen Lagerbestand und am letzten Tag sogar die Probebahn! Ja, jetzt wusste ich, dass ich gut verkaufen konnte. Danach hatte ich noch mal ein Stand von der Firma Atari. Da kamen gerade die ersten Spiele heraus und dieser Verkauf lief genauso gut.

Zu dieser Zeit war auch wieder die Westernstadt auf dem Hertie-Dach aufgebaut – mit Silkirtis Nichols, auch Nicki genannt, oder besser bekannt unter seinem indianischen Namen »Buffalo Child«. Er ist ein fast zwei Meter großer Cherokee-Häuptling, hat eine deutsche Frau, Liselotte, und wohnte bei Bamberg, ist Schauspieler und hat unter anderen auch bei den Karl-May-Festspielen in Bad Segeberg neben seinem Freund Winnetou, Pierre Brice, gespielt.

Er ist mal im Hertie rumgelaufen und suchte eine Kabeltrommel. Ich half ihm dabei und schickte ihm die zuständigen Kollegen nach oben auf das Dach zu seiner Westernstadt. Ich erzählte ihm, dass ich schon als kleiner Bub mal bei einer Aufführung gewesen bin und von da auch schon ein Autogramm von ihm hatte. Er meine daraufhin, ich solle es einfach mal mitbringen. Bald hatte ich ein Autogramm mit einer ganz besonderen Widmung: »Für meinen Freund Siggi«. Ja, meinen Freund Nicki werde ich auch nie vergessen. Ich war ja schon als kleiner Bub immer Indianer-Fan.

In der Kneipe hinter dem Kaufhaus gingen einige Kollegen öfter mal zum Mittag und fragten mich, ob ich da auch mal mit wollte. Es lohnte sich, denn dort bediente Heidi. Wir lernten uns etwas kennen, doch danach kam mir auf der Toilette so ein komischer Typ entgegen, der meinte, ich solle die Finger von ihr lassen. Heidi war zwar ein paar Jahre älter, aber wir hatten eine schöne, wenn auch sehr kurze Zeit zusammen.

Fliegende Autos und MC

Ich war mal wieder bei Kallsche. Er hatte schon sein zweites Auto, einen Kadett Coupe Sport, ganz breit, mit dicken Schlappen und Rally-Lackierung. Er sagte mir noch, dass das ein tolles Auto sei, was er bestimmt lange Zeit fahren würde, denn »alle Mädels schauen, wenn ich vorbeifahre!«.

Leider hielt das Auto nicht lange. Er fuhr im Winter Richtung Sandhas und rutschte in die Leitplanke. Zwei Wochen später kaufte er sich ein Porsche mit einklappbaren Scheinwerfern. Typisch Kallsche!

Ich fing jetzt auch mit meinen Führerschein in der Sandhasen-Fahrschule an und kaufte mir auch schon mein erstes Auto: einen Opel Ascona A. Mit diesem übte ich schon ein wenig und fuhr mit ihn ein Mal zum Fahrschulunterricht. Da sagte mir mein Fahrschullehrer unter verdeckter Hand: »Wenn du schon mit dem Auto vorfährst, stell es wenigstens in die Seitenstraße«.

Zwei Wochen vor meiner Prüfung übte ich noch etwas weiter. Manchmal mit zwei Rädern um die Kurve. Man nannte mich schon Siggi Lauda. Und eines Tages geschah, was geschehen musste. Ich fuhr zu schnell in die Kurve und verlor die Kontrolle über das Fahrzeug. Das Auto hob ab, drehte sich zwei Mal in der Luft, durchbrach das Tor der US-Kaserne und landete schließlich auf dem

Dach. Das Auto sah aus wie ein Keil. Es kam ein US-MP und fragte in gebrochenem Deutsch: »Wot is loß?« Ich sagte nur noch »Auto kaputt«. Als meine Schwester das Auto auf dem Schrottplatz sah, dachte sie, ich wäre tot, dabei hatte ich noch Glück im Unglück. Einen Tag zuvor fuhr ich die gleiche Strecke mit voll besetztem Auto. Die wären an diesem Tage alle tot gewesen und ich säße im Knast!

Ich hatte eine Platzwunde am Kopf und sollte diese im Krankenhaus tackern oder nähen lassen. Ich sagte aber Nein und ließ mich von meiner Schwester abholen. Hätte ich es mal gemacht! Ich habe später noch Migräne und sonstige Kopfprobleme bekommen. Bis heute spüre ich noch Nachwirkungen davon. Natürlich hatte ich auch eine Sitzung vor dem Jugendrichter, bekam eine kleine Strafe und zwei Jahre Führerscheinsperre. Ich habe ihn dann mit 21 in einer Ferienfahrschule gemacht und gleich beim ersten Mal bestanden.

Mit Genehmigung des alten MC-Präsidenten gründete ich noch einmal den stillgelegten MC in meiner Gegend und wurde zum Vizepräsidenten gewählt. Es war aber kein richtiger Motorradclub und wir keine Rocker oder Schläger, sondern nur Freunde, die Spaß hatten.

Es waren Kallsche, Kuckuck, mein Schwager Reiner und ein paar neue dabei, wie Jesse James, dessen Bruder Mike, die Schröbel-Brüder und viele andere – insgesamt fast 50 Mann.

Der Fußballaufstieg und Rudi Völler

In meiner ganzen Lehrzeit hatte mich mein Schmiedemeister nicht zum Fußballtraining gehen lassen. Jetzt
ging ich mal wieder hin und trainierte bei der Reserve
der ersten Mannschaft mit. Es war die legendäre Zeit bis
1981, in der der VFB Großauheim drei Mal hintereinander Meister wurde und von der 6. fast bis in die 3. Liga
aufstieg, die damals die Hessenliga war. Wir waren zwar
Erster in der Abschlusstabelle, lagen aber punktgleich mit
Dietesheim, zwar mit viel besserer Tordifferenz, aber das
hatte damals noch nicht gegolten.

Im Hanauer Dröse-Stadion vor 7.000 Zuschauern
haben wir dann 2:1 gegen Dietesheim verloren und das
noch ganz knapp in der 89. Minute, nachdem wir schon
durch unseren Torjäger Dietmar Heck 1:0 führten. Bei
uns waren zu dieser Zeit auch viele Spieler schon im Urlaub gewesen. Später sagte mir ein VFB-ler, dass sie es
extra verloren hätten, weil sie keinen Sponsor hatten. Ja,
schade, wenn es wirklich so war, denn danach sind fast
alle Spieler fortgegangen – viele auch mindestens bis zur
2. Liga. Wir hatten so viele gute Spieler und sehr viele
junge Talente.

Unser VFB 06 Großauheim hatte seinen Höhepunkt
zum Anfang bis Mitte der 40er Jahre. Dort spielten sie
in der Gauliga Hessen, die damals höchste hessische

Liga, deren Meister auch in weiteren K.O.-Runden an der Deutschen Meisterschaft teilnahm. Aber dann kam der 2. Weltkrieg und danach spielten sie noch mal in der zweithöchsten deutschen Liga mit. Nur drei hessische Vereine durften mit in die oberste Liga: Eintracht Frankfurt, FSV Frankfurt und Kickers Offenbach. Der VFB 06 Großauheim lag gleich dahinter. Meistens waren sie sogar besser als der FC Hanau 93. Unser bekanntester Spieler der Neuzeit aus unserer Jugend des VFB 06 Großauheim ist Marco Russ von Eintracht Frankfurt und sein erster Trainer war sein Vater, der damals in unserer guten Zeit bei uns spielte.

Als wir im Winter in der Lindenauhalle mal zusammen mit der Mannschaft von Rot-Weiß Großauheim trainierten, dort wo jetzt auch Schlacker spielte, schoss er mal so einen Hammerball, den ich aber locker mit der Faust abwehrte. Da fragte er mich: »Bist du Torwart?«

Ich sagte: »Nee!«

Aber von da ab wurde ich Torwart. Danke, Schlacker!

Aber ich hatte ja auch schon vorher Torwarterfahrungen in der Schule gesammelt. Kallsche machte mal einen Fallrückzieher, den ich hielt. Da sagte er: »Oh man, häste den mal durchgelasse, des wär ein super Klaus-Fischer-Tor geworden«.

Ich antwortete: »Ja und Sepp Maier hat ihn gehalten«.

Ja, Sepp Maier war jetzt mein Vorbild, nicht nur in sportlicher, sondern auch in menschlicher Hinsicht. Er stand ja auch auf der Bühne und spielte Karl-Valentin-Geschichten im Theater nach, und man vergesse nicht das Fußballspiel, wo er die Ente fangen wollte. Ich bestellte mir aus einem speziellen Keeper-Katalog ein original Sepp-Maier-Trikot mit dem hellblauen Shirt und der schwarzen Hose, die bis zu den Knien ging und die etwas größeren Handschuhe, die man brauchte, sodass man mehr Fläche hatte, um den Ball zu bekommen. Mit dem

Logo »Sepp Maier« darauf hieß ich ab sofort im Training »Siggi Sepp«!

Aus der Jugend kamen auch noch ein paar Torhüter dazu, sodass die erste Mannschaft und die Reserve jetzt sieben Torhüter hatten, aber ich trainierte mindestens vier Mal die Woche und nach dem Training machte ich noch ein extra Torwarttraining, meistens in der Sandkiste, sodass ich mich bis zum dritten Torwart nach dem Stammtorhüter hocharbeitete. Einmal fehlte im Training der erste Torwart und ich war bei der Zweiten im Tor. Wir spielten gegen die erste und ich hielt an diesem Abend so gut, dass der Trainer zu mir sagte: „Wenn du dich anstrengst, könntest du mindestens in der 2. Liga spielen«.

Ich hatte danach auch mal einen Termin für ein Probetraining in Bayrisch Nizza bei Viktoria Aschaffenburg, die da gerade in der 2. Liga mit dem Trainer Werner Lorant waren, aber ich hatte mich an der Zehe so schwer verletzt, dass ich mit 19 Jahren ganz mit dem Fußball aufhören musste, und es leider nie zu diesem Probetraining kam. Denn leider hatten wir damals keinen Doc Müller-Wohlfahrt gehabt. Also – keine Fußball-Profikarriere!

Aber noch was zum Thema Fußball: Später mal in Aschebersch (Aschaffenburg) im Nachtcafé auf der Toilette am Urinal, so wie damals beim legendären Beckenbauer Witz, sprach mich einer an und fragte: »Hey du, ich kenn dich doch vom Fußball! Du hast doch auch mal gespielt«. Ich antwortete: »Ja, beim VFB Großauheim« und er meinte dann, er hätte beim TSV 1860 Hanau gespielt. Dort hatten wir anscheinend bei den vielen Jugendturnieren, die 1860 immer austrug, mal gegeneinander gespielt. »Ja, ich weiß«, sagte ich zu Rudi Völler. Ja, so war das. Und später draußen an der Bar stand er mit Michael Kutzop und Manni Burgsmüller, die damals alle bei Werder Bremen spielten, und Rudi rief mir noch zu: »Na, immer noch da?«

Dies hörte und sah wahrscheinlich ein Mädel, das mich daraufhin ansprach, und mich fragte: »Bist du nicht Toni Schumacher?« Ich schaute sie an, verneinte und sagte: »Sepp Maier! Siehste des net?« Sie sah zwar nicht mal so schlecht aus, hatte aber so eine Piepsstimme. Zu dieser Zeit trug ich die Frisur und den Bart ähnlich wie Toni. Aber der hieß ja eigentlich Harald, Toni war nur sein Spitzname von der alten 1. FC Köln-Legende, der so hieß.

Leider war ich an diesen Abend mit einem Kollegen vom Kaufhaus da, Bernd S., der kein Fußballfan war und gerade jetzt gehen wollte. Ich musste fahren. Ich habe auch leider Rudi nie mehr live gesehen, um ihn fragen zu können, ob er mich heute immer noch kennt, und sich an diesen Abend erinnert. (Also Rudi, wenn du das liest, melde dich bei mir!) Übrigens haben wir am gleichen Tag Geburtstag, nur ist er etwas älter!

Begegnung einer anderen Art

In der Zeit, wo ich mal keine Freundin hatte, kam mir so eine Idee. Ich weiß nicht, ob es aus Jux und Tollerei oder aus Frust war, oder einfach weil ich mal wissen wollte, wie das so ist. Ich setzte eine Anzeige in die große Tageszeitung. An den Text kann ich mich nicht mehr genau erinnern, aber ich stellte mich als Begleiter für Frauen zur Verfügung. Nach einer gewissen Zeit rief mich eine Dame an und wir trafen uns. Sie war etwas größer als ich, weshalb ich sie dann nur noch im Sitzen traf. Sie war damals verheiratet und suchte wie ich ein Abenteuer. Sie war Stewardess in einer großen Fluggesellschaft und sah wirklich gut aus. Wir trafen uns sehr oft und zu jedem Treffen brachte sie mir Geschenke der verschiedensten Art mit und steckte mir immer was zu. Ich sagte ihr dann, dass das nicht nötig ist, aber ihr machte es Spaß und brachte ihr den gewissen Kick, weil es etwas Verruchtes, Unanständiges an sich hatte. Das konnten wir beide nicht verhehlen. Es war eine schöne Zeit. Es hatten sich noch weitere Damen auf meine Anzeige hin gemeldet. Sie war auch die Einzige, mit der ich mich auf diese Anzeige getroffen hatte, obwohl es noch weitere Anfragen gab. Aber ehrlich gesagt, war das doch nicht so mein Milieu. Ich weiß bis heute nicht so ganz, als was für eine Beziehung diese einzustufen ist. Waren wir nur ein

46

gewöhnliches Liebespaar, oder war das etwas anderes? Es war auf jeden Fall eine besondere Lebenserfahrung, die ich für mein weiteres Leben mitnahm.

Ich traf sie etwa zehn Jahre später wieder, in einem Laden ihrer Freundin, der sie anscheinend unsere Begegnung erzählt hatte, weil sie mich immer mit einem Lächeln im Gesicht anschaute.

Ein Doc in Unterhosen

Ich bekam ein Schreiben von der Bundeswehr und musste im Winter zur Musterung nach Eschborn, die vor Ort dann doch ganz anders ablief, wie ich zunächst dachte. Ich meine jetzt nicht die Untersuchungen, sondern der Ablauf, das Kennenlernen einer bestimmten Person und die Situation vor Ort. Dort saß unter anderen ein Typ wie ich mit langer Unterhose, mit dem ich mich schon ganz gut unterhielt bis er aufgerufen wurde. Dann kam ich an die Reihe. »Der Nächste bitte, zu Herr Dr. Dierbach.« Ich unterhielt mich mit dem Doktor und er erzählte mir, dass er bald die Praxis von Dr. Hensel in Großauheim übernehmen würde. Ich musste darauf nur grinsen. Er fragte, ob er etwas Falsches gesagt hätte. Da antwortete ich ihm: »Nein, im Gegenteil! Ich musste nur grinsen, weil du dann mein neuer Hausarzt wirst!«

Und er wurde es wirklich. Nun hatte ich zum ersten Mal wirklich einen Arzt meines Vertrauens (wie man so sagt), mit dem ich vorab schon per Du war. Er war der erste Arzt, mit dem ich alles bereden konnte – wie mit einem Freund. Wir verstanden uns sehr gut. Er war locker drauf, bis er eines Tages Streitigkeiten mit seiner Frau hatte, die ihn dann vor die Türe setzte. Das hat er anscheinend nicht verkraftete, denn er ist kurz danach bei einen Autounfall gestorben. Es war der beste

Doktor, den ich bis dahin hatte. Ich werde ihn nie vergessen!

Ich hatte zum Glück nur noch Hausärzte seines Schlages: Dr. Jörg H. aus Hainstadt und heute Dr. Franz M. in Külsheim.

Susi – meine erste große Liebe

Aber dann hatte das öde Singledasein endlich wieder ein Ende, denn ich traf meine erste große Liebe: Susi W. Es sollte bis dahin meine längste Zeit mit einem Mädel sein. Ganze 13 Monate hielten wir es zusammen aus. Es hätte auch mehr daraus werden können.

Sie hatte blonde lange Haare und eine tolle Figur, ein hübsches Gesicht und vieles Schöne mehr!

Des Öfteren waren wir auch im Alt Auheim, wo sich viele Bekannte von damals trafen: unter anderem Kallsche, der da schon mit seiner heutigen Frau Ilona zusammen war, Beutel und Thomas S. der leider vor Kurzem verstorben ist.

Mein Schwager schwärmte seinem damaligen Kollegen Werner vor, was ich doch für eine tolle neue Freundin hätte, als wir ihn besuchten. Susi war noch draußen an der Garderobe, da sagte Werner zu mir: »Ja wo ist sie denn, das tolle Mädel, bin schon ganz aufgeregt, sie mal zu sehen!«

Dann kam sie rein in das Zimmer und Werner war ganz enttäuscht. Nicht weil sie ihm nicht gefiel, sondern, weil er sie schon kannte! Es war seine Nichte. »Och, des iss doch die Susi!«, sagte er.

Susi war auch das erste Mädel, wo ich dachte, es könnte mal was Längeres und Größeres daraus werden. Sie war auch die erste Frau, die ich in meiner Lebensversicherung bedachte und wir waren fast schon so weit, dass wir an Verlobung dachten.

Zur gleichen Zeit wollte ich unbedingt ein paar Kilo abnehmen. Nicht nur Mädels wollen das, auch Jungs! Ich fühlte mich halt ein wenig pummelig, weil ich zu dieser Zeit keinen Sport mehr machte. Ich wollte die überflüssigen Pfunde also in kürzester Zeit loswerden. Heute weiß ich, dass das ein Fehler war!

Ich bestellte mir von so einer Werbung aus der TV-Zeitung solch komische Algentabletten. Ich nahm dann auch mindestens 17 Kilo ab – viel zu viel! So wenig hatte ich noch nie drauf. Ich bekam dann zum ersten Mal in meinem Leben Probleme mit den Nerven – wegen der blöden Tabletten. Also Leute, nehmt so einen Dreck nicht ein, es lohnt sich nicht!

Ich musste sogar in ärztliche Behandlung und bekam solche zweifarbigen, viermal teilbaren Hammertabletten. Wenn ich sie eingenommen hatte, kam ich mir vor wie unter Drogen!

Ich ging trotzdem noch mit Susi in die Disco, wo sie sich unbedingt mit einer Freundin treffen wollte, mit, aber mir ging es so schlecht wie noch nie in meinen Leben. Es drehte sich alles und ich dachte, ich bin in einem bösen Traum gefangen!

Da ich gesundheitlich durch meine Sache so angeschlagen war, wir dazu kleine Unstimmigkeiten hatten, machte ich einfach Schluss mit Susi, weil mir das alles damals über den Kopf wuchs. Im Nachhinein bereute ich das manchmal. Es ist schade, wie es ausging.

US Army und der Schutzengel

Ich hatte inzwischen meine Einberufung für den Bund bekommen, die aber noch eine Weile hin sein sollte. Ich wollte eigentlich ursprünglich verweigern, weil mein guter VFB-Kumpel Ferdi inzwischen einen schweren Mopedunfall hatte, und ich nicht zur Waffe greifen wollte. Da ich aber zwischenzeitlich arbeitslos war, sagte mir ein Freund, Dieter R., dass er einen Job bei der US Army hätte und sie dort noch Leute für die Bewachung von Sprit- und Munitionsdepots suchten. Ich bewarb mich da in Hanau und die nahmen mich auch gleich. Dort lief ich nach der Ausbildung halt dann mit einer M16 oder anderen Waffen umher und konnte somit nicht mehr beim Bund verweigern.

Ich musste nach Kaiserslautern, Headquarter der US Army, zur Ausbildung an Pistole, M16 und ABC-Schutzkammer (Gaskammer). In Kaiserslautern lernte ich unter anderem Gaby J. kennen, mit der ich meine ganze Freizeit verbrachte und sie auch dann später mal besuchte.

Zu Hause rief mich noch ein anderes Mädel an, das ich auch in Kaiserslautern kennenlernte. Sie sagte, sie zieht bald nach Offenbach, wo sie einen neuen Job hätte. Ich besuchte sie mal und sie hatte noch eine Freundin aus dem Saarland auf Besuch. Nun saß ich da mit zwei Mädels. Die eine war nicht so ganz mein Typ und die andere war mir etwas zu groß. Da sagte ich meinem Freund Dieter, der mindestens 192 cm groß ist, »hier, komm da mal mit«.

Zuerst hatte es nicht so gefunkt bei der Freundin der Bekannten, aber später heirateten sie und haben auch eine Tochter zusammen. Mittlerweile sind sie jedoch geschieden.

Auf einer Wache im Depot im Raum Hanau bin ich gerade von meiner Runde gekommen, da meinten die anderen, sie hätten Geräusche gehört. So mussten wir Doppelwache laufen und waren alle fertig – ohne Schlaf und Ruhezeit. Das war mir dann auch zu blöde und ich sagte mir, machen wir es ein wenig spannender. Also nahm ich mehrere kleine Steine in meine Hand und schnipste immer wieder mal ein paar auf die Wellblechdächer. Es hörte sich an, als hätte einer geschossen. Die anderen gingen immer in Deckung, sahen aber nicht, woher es kam. Jetzt hatten sie wirklich einen Grund, die Nacht durchzumachen!

Auf einer anderen Wache hatte ein Kollege sich mal mit der Schrotflinte erschossen. Ich fragte noch: »Was liegt denn hier für Zeug herum?« Einer meinte, das wäre der Rest vom Gehirn.

Also es war auch kein Beruf, den ich bis ans Lebensende machen wollte.

Dann kamen kurz hintereinander gleich zwei schwere Autounfälle. Bei dem einen bin ich gefahren. Von meiner Arbeit in einer Teppichreinigung in Hochstadt, wo ich Abnahmechef war, fuhr ich mit zwei Kollegen über Hanau zurück. Meine Kollegen leiteten mich, denn ich kannte mich dort nicht gut aus. Und dadurch passierte es. Durch ihr Geschwätz auf Türkisch war ich so abgelenkt, dass ich die Vorfahrtsstraße übersah und ein LKW voll in uns hineinkrachte, der die ganze Vorderfront samt Motorblock zermatschte. Wir hatten dabei alle einen guten

Schutzengel, denn wir überstanden das ohne einen Kratzer. Dabei hatten nur ein paar Zentimeter gefehlt und der LKW hätte uns Füße, Beine oder Schlimmeres abgerissen.

Ein paar Monate später wollte der Kaufhauskollege Bernd S., der damals bei Rudi Völler dabei war, unbedingt zum Bürgerfest nach Hanau. Zu dieser Zeit lag ich aber kränkelnd im Bett. Er schaffte es dennoch, mich zu überreden, ihm mein Auto zu leihen. Spät abends klingelte dann die Polizei an meiner Tür, die mir mitteilte, dass mein Wagen in einen Unfall verwickelt war! Seitdem schwor ich mir, mein Auto nie wieder zu verleihen, und das rate ich auch jedem anderen. Beide Autos waren ein R5, schön zu fahrende Autos, aber sie haben mir einfach kein Glück gebracht, sodass ich später die Marke wechselte.

Herr Panzergrenadier und Zugbegegnungen

Nun stand ich kurz vorm Bund und hatte weder Freundin und noch Auto! Aber ich glaube, das war zu dieser Zeit auch besser so. Weil ich ja wegen der US-Armee nicht mehr verweigern konnte, wollte ich mich kurzverpflichten. Um es vorher noch zu machen, war die Zeit zu kurz. Somit musste ich erst mal meine Grundausbildung hinter mich bringen.

Hans-Jürgen S. aus meinem Haus wurde wie ich in die gleiche Kaserne nach Wetzlar eingezogen. Wir fuhren zusammen mit der Bahn in die Kaserne. Ich kam zu den Panzergrenadieren auf den Mörser MTW Green Berets. Mein grünes Barrett wollten mir die Amis im Zug immer abkaufen.

Da ich der Zimmerälteste in der 12-Mann-Stube war, hatte ich die Aufsicht übertragen bekommen. Es waren ganz verschiedene Jungs mit im Zimmer. Der eine ein Metzger, der andere sah aus wie ein Zuhälter, ein paar Unscheinbare und Schüchterne. Das war ich ja zu dieser Zeit zum Glück nicht mehr, sodass ich mich durchsetzen konnte, wenn es auch manchmal schwerfiel.

Wenn ein Offizier ins Zimmer kam, musste man immer Meldung abgeben. »Panzergrenadier so und so mit 5 Mann auf der Stube beim Pupsen!« Oder so ähnlich.

Unser Leutnant aus Siegen sah so ähnlich wie Schimanski aus, nur er war noch cooler drauf. Wenn wir beim Sport morgens durch die Stadt liefen, machte er das immer so wie bei den Amis, wo einer vorne weglief und den Ton angab. Zum Beispiel sang er vorne: »Die Oma ist gut drauf« und wir hinten mussten immer ergänzen und sangen dann: »Sie hat einen grünen Hut auf«. Das hatte das Ganze ein wenig aufgeheitert. Und im offenen Panzer in der Kolonne zur Verladung am Bahnhof durch die Stadt zu donnern, war auch noch mal ein besonderes, neues und cooles Erlebnis für uns!

Aber nach ewig langer Zugfahrt, bis wir an gekommen sind, war die Laune nicht mehr so toll. Und die Behausung waren alte Holzbaracken, mindestens aus dem letzten Krieg, mit Holzöfen und 20-Mann-Räumen zum Schlafen.

In der ersten Nacht hatte sich der eine Eishockey-Spieler so zu gesoffen, dass er dachte, er ist auf dem WC und strullerte einem in das Bett. In der Nacht, wo alle schon schliefen, sprang derjenige gleich auf, und hätten ihn die anderen nicht aufgehalten, wäre die Nacht noch länger geworden.

Es war ein Nato-Manöver. In unserer Einheit waren auch Niederländer und Engländer. Die Niederholländer, wie ich immer pflege zu sagen, teilweise mit langen Haaren und Haarnetz (und auch mal ein Joint rauchend) kamen mir eher wie Freizeitsoldaten vor. Im Gegensatz dazu die Briten. Mann, waren die steif! Mit einer Musikkapelle in Schottenröcken zogen sie in das Manöver. Und voll gedrillt!

Nach ein paar Tagen unterwegs ohne Bett und Schlaf schlief ich tatsächlich fast auf dem harten Panzerboden ein. Dann machten wir halt und durften uns frisch machen. Nur wo, sagte uns keiner. Da machte der eine seinen Oberkörper frei und rieb sich mit dem frischen

Schnee ein. Das war die sogenannte Schneekatzenwäsche an diesem Morgen!

Später wieder in der Kaserne hatten wir Sport und spielten Fußball. Dabei stürzte ich so unglücklich auf meinen Arm, dass ich einen Kahnbeinbruch erlitt, der aber erst sehr viel später entdeckt wurde. In der Zwischenzeit trug ich sogar noch die schwere Panzerplatte mit und machte ganz normal meinen Dienst weiter, bis ich zur Nachuntersuchung mal in die Limburger Bundeswehrklinik mit dem Zug fuhr, wo dann erst mein Bruch festgestellt wurde. Da bekam ich gleich einen Gipsarm verpasst – einen in gelbgrün (sollte wahrscheinlich zur Tarnung sein).

Wie schon gesagt, fuhr ich ja in meiner Bundeswehrzeit immer mit der Bahn nach Hause und auch damit wieder in die Kaserne zurück. Dabei lernte ich ab und zu interessante Leute kennen, wie die US-Soldaten, die mir immer mein Green Beret abkaufen wollten. Und dann gab es da noch zwei weitere, erinnerungswürdige Begegnungen.

Die Erste war ein Berliner Mädel, die mit mir im Abteil fuhr. Ich half ihr dabei, ihre Koffer einzuladen, und wir unterhielten uns die ganze Fahrt über. Sie gab mir sogar ein Passbild von ihr mit ihrer Adresse drauf und ich sagte ihr, wo ich in Wetzlar stationiert bin. Danach schrieb sie mir öfter mal in die Kaserne.

In den ersten Karten und Briefen schrieb sie, sie hätte noch nie so einen höflichen und netten jungen Mann wie mich kennengelernt, und dass ich sie doch mal in Berlin besuchen solle. In den nächsten Briefen schrieb sie, dass sie mich liebt und mich heiraten wolle.

Aber zu dieser Zeit stand ein Manöver an und danach wurde ich zum Wachdienst eingeteilt, weshalb ich nicht mehr aus der Kaserne raus konnte. Aber irgendwann war es so weit und ich hatte mal Zeit, aber dann schrieb sie mir: »Sorry, ich habe jetzt einen festen Freund.«

Die zweite Begegnung war eine hübsche Spanierin aus Herborn, die ich im Abteil kennenlernte. Sie war zu dieser Zeit Background-Sängerin der Gruppe Supermax mit dem Wiener Sänger Kurt Hauenstein, der schon in den 1960er Jahren nach Frankfurt am Main zog. Mit ihrem zweiten Album World Of Today erreichten sie 1977 mit über 500.000 verkauften Exemplaren Goldstatus und der Song Lovemachine entwickelte sich zum Disco-Klassiker und erreichte im Jahr 1978 in Deutschland Platz 4 und sogar später Platz 96 in den USA. Kurt Hauenstein ist 2011 mit 62 an Herzversagen gestorben.

Sie war auch noch einmal zur Miss Hessen gekürt worden, aber der Titel wurde ihr wieder aberkannt, da sie keinen deutschen Pass besaß. Später sah ich sie noch des Öfteren im Fernsehen bei Liveacts von Supermax.

Nach meiner Grundausbildung bin ich in die Spielburg-Kaserne in Wetzlar gekommen. Dies ist eine ganz alte Festung (noch aus der Kaiserzeit).

Als ich ins Gebäude reinkam, dachte ich kurz, ich wäre schon mal hier gewesen – vielleicht in einem anderen Leben zur Kaiserzeit?

Danach hatte ich gleich von dem guten Essen eine Lebensmittelvergiftung bekommen und musste alleine von meinem Standpunkt bis zu den Sanitätern laufen, was mir auch gefühlsmäßig wie ein böser Traum vorkam. Ich schaffte es gerade so. Hätte ja mal einer mit gehen können von den Heinis, dachte ich mir. Dort endlich angekommen, überwies mich der Amtsarzt gleich auf die Krankenstation, auf der ich über zwei Wochen bleiben musste.

Als ich danach wieder in meine Stammeinheit zurückkam, musste ich gleich zum Spieß, der mich wegen meines Gipsarmes wieder degradierte. Er meinte, mit meinem Gipsarm hätte ich ja eigentlich keine richtige Prüfung ablegen können und er entschied einfach mal so für sich, dass die abgelegte Prüfung meiner Grundausbildung nicht anerkannt wird. Ich war wieder nur Panzergrenadier. Erst kurz bevor ich den Bund verließ, wurde ich wieder Gefreiter.

Somit stand auch meine Entscheidung fest, mich nicht – wie ursprünglich geplant – zu verpflichten, sondern einfach nur meine 15 Monate hier runterzureißen!

Ich und ein paar Jungs aus meiner Einheit lernten einige Mädels in Wetzlar kennen, und weil es einfach zu öde war, nur auf den Zimmern herumzuhängen, hingen wir ab sofort bei und mit den Mädels herum, was auch viel schöner war, fanden wir. Ich war auch des Öfteren bei meinem Mädel in Ehringshausen, das schon zur Hälfte in Richtung Herborn lag. Ich besuchte sie auch noch mal nach meiner Bundeswehrzeit, und sie meinte ein Mal, dass ich damals wie der junge Schimanski aussah. Ich fand das zwar selbst überhaupt nicht, aber andere sehen einen selbst ja immer anders.

Einer meiner neuen Zimmerkollegen war Murmänsche: immer cool drauf, ein Typ wie Crocodile Dundee – aber aus Hessen. Es lief gerade im Radio ein Song, der war gut. Ich kannte ihn noch nicht, da sagte Murmann, es sei LAD, ein Freund von David Bowie. Ich holte mir auf der Rückfahrt in Frankfurt am Bahnhof gleich die LP, die super war!

Nach meiner Degradierung wollte ich mir nichts mehr gefallen lassen und hatte auch zweimal eigentlich den Befehl verweigert. Das blieb zum Glück für mich ohne Konsequenzen. Das erste Mal saß ein Kamerad bei einem Manöver oben auf dem Berg, um feindliche Flugzeuge zu beobachten. Ich stand unten an der Schranke zur Sicherung. Ich hatte mein Biwak-Frühstück im Plastikbeutel dabei. Er oben hatte nichts bekommen und da wollte ich gerade zu ihm hoch, um ihm was abzugeben, da kam der junge Fähnrich – jünger als ich – und sagte zu mir, dass ich nicht einfach meine Stellung verlassen darf! Ich meinte daraufhin, dass er oben noch wichtiger sei als ich, denn er beobachtet ja feindliche Luftangriffe und da wäre ja ein Angriff noch verheerender als bei mir. Darum muss der Mann was zu essen bekommen, sodass er seine Stellung halten kann!

Und beim zweiten Mal war ich gerade marschierunfähig geschrieben wegen meiner dicken Füße, da sagte mir mein Freund der Spieß, ich solle doch auch auf die Schießbahn mitlaufen. Darauf antwortete ich ihm, dass ich nicht so weit marschieren darf. »Sie können mir ja einen Jeep vor die Türe stellen, dann könnte ich auch mit!« Später fragte er ein paar Leute, ob sie dieses Gespräch mitbekommen hätten, und allesamt sagten Nein dazu. Zum Glück hielten wir in der Stammeinheit alle zusammen. Das war noch das Beste in der Bundeswehrzeit! So hatte ich wahrscheinlich noch Glück, dass ich zu dieser Zeit nicht im »Café Viereck« landete – der Arrestzelle bei der Bundeswehr. Soweit ich informiert bin, wäre man draußen im wahren Leben dann vorbestraft, also auf Deutsch: im Knast gewesen.

Die Zeit nach der Bundeswehr sollte nun die beste meines Lebens werden!

Freitag, der 13.

Bis 1999 sollte es jetzt nur noch in allem Belangen Schritt für Schritt aufwärtsgehen. Nach einer Zeit ohne Job nach dem Bund, bekam ich in Neu-Isenburg eine Stelle als stellvertretender Filialleiter in einem Design-Leuchtengeschäft. Dort entrümpelte ich den Dachboden und fand einen alten Notizkalender aus meinem Geburtsjahr und ich wusste jetzt endlich, an was für einem Wochentag ich geboren wurde. Bis dato gab es halt noch nicht solche Online-Programme wie heute, wo man das mal schnell nachschauen kann.

Ja, ich war im ersten Moment ein wenig geschockt, aber ich habe mich jetzt daran gewöhnt und es macht mir gar nichts mehr aus. Ich bin sogar stolz, an einen Freitag, dem 13. geboren zu sein!

Es war zwar der erste Job mit etwas mehr Verantwortung, aber er hielt nicht so ganz, was sein Titel aussagte – und das auch leider bei der Bezahlung. Es gab sehr viel Freilauf zwischendurch. Ich lief immer durch das ganze mehrstöckige Haus, um alles gerade hinzustellen, zu dekorieren, Lampen zu reparieren und vieles mehr, weil sonst nicht viel zu tun war.

Zum Mittag wollte ich nicht unbedingt im Aufenthaltsraum des Hauses sitzen bleiben, sonst musste ich meine Pause fast immer unterbrechen, um Kunden zu bedienen. Deshalb fuhr ich einfach mit meinem Auto irgendwo um die Ecke, manchmal auch einfach an den Bahnhofsparkplatz, aß mein Brot, trank meine Dose Fanta und fuhr einfach wieder zurück. Aber dies war auf lange Sicht für mich auch kein erfüllendes Leben.

Unsere Kanzlerin sagte ja mal in der Zeitung, die Arbeit muss Spaß machen! Ja, das ist auch so, sonst hältst du es nicht lange aus, wie in meinem Fall:

Ich fuhr schon an diesem Tag ohne viel Antrieb zur Arbeit. Den ganzen Tag hatte ich nur zwei Kunden und lief gefühlte 1.000 Mal von unten bis oben durch das Haus. So etwas macht mich einfach krank. Da bekommt man doch Depressionen, wenn man den ganzen Tag nur auf der Arbeit ist, um seine Zeit abzusitzen. Ich vertrieb mir die Zeit damit, alles immer und immer wieder zu kontrollieren, zu reparieren und so weiter. Dann hatte ich dafür plötzlich einfach kein Nerv mehr! Am nächsten Tag kündigte ich! Lieber erst mal keinen Job, als irgendwann durchzudrehen, dachte ich mir.

Familienland, coole Zeiten, coole Leute

Ich nahm an dem Preisausschreiben für den Namen des damals neuen Centers in Hanau teil und habe auch prompt den 2. Platz gemacht. Mein Vorschlag war »Familien-Land«. Sie nannten es dann »Familyland«, also einfach mal in Englisch umbenannt. Manche Leute hatten bestimmt recht, als sie sagten, dass es einfach mein Vorschlag in Englisch war und ich sogar den 1. Preis bekommen sollte, aber was willste da lange rummachen. Ich hatte ja was gewonnen, und zwar hatte ich wochenlang freien Eintritt fürs Kino, die Rollerlanddisco, den Dorfplatz und noch einiges mehr. Und dort lernte ich die Jungs kennen, die das immer bewachten oder die Kasse für den Dorfplatz bei Veranstaltungen machten. Es waren Alex Z., Stephan L. – zwei Kickboxer, so ne Art van Damme-Typen und Herbi, ein Bodybuilder. Coole Jungs, die mir auf Anhieb gefielen – als Kumpels natürlich! Sie fragten mich eines Tages, weil einer von ihnen ausgefallen war, ob ich nicht Zeit und Lust dazu hätte, für ihn einzuspringen. Ich sagte sofort zu und fing auch gleich an.

Ich machte auch bei verschiedenen Veranstaltungen für Mode oder Sonstiges auch noch den DJ auf dem Dorfplatz und ab und zu in Discos im Umkreis den Türsteher. Es war eine coole Zeit mit coolen Leuten. So wie ich später hörte, war Stephan noch weiter als Bodyguard für Jürgen Drews und andere Promis viel und weit unterwegs: Cannes, roter Teppich und so weiter. Kann man heute alles in Facebook nachschlagen!

Man lernte da auch viele Mädels kennen und ich hatte auch mal drei Dates hintereinander im Center, aber daraus wurde nichts Festes. Ja, ein Mann kann doch auch mal eine platonische Beziehung mit einer Frau haben. Einfach nur mal was trinken gehen und ein wenig reden ist doch auch mal schön. Ich weiß, manche Männer können das nicht, und darum haben wir es als Männer ja auch immer so schwer, das zu beweisen. Aber warum muss man das überhaupt beweisen? Das finde ich unfair. Nur weil die Neandertaler damals so waren, sind wir doch heute nicht noch alle so. Ja, ein paar gibt's da vielleicht noch!

Vorne rechts vor dem Dorfplatz war das Rollerland. Dort gastierte unter anderem auch mal das Captain Hollywood Projekt. War super und ich versuchte auch mal, Rollschuh zu fahren, was aber nicht so mein Ding war, musste ich feststellen. Denn ich hielt mich mehr an der Bande oder an einer Bekannten fest, als ich gefahren bin! Das Ganze blieb auch eine einmalige Sache, bevor ich mich noch schwer verletzt hätte. Also sich irgendwas an die Füße zu schnallen, ist nicht meine Welt.

Und ganz hinten rechts war die Disco »Village« in der Hand der Amerikaner, soweit ich hörte. Dort spielten sie fast nur Black Music und tanzten auf den Boxen und es war immer gute Stimmung in dem Laden! Eines Abends traf ich dort auch mal die ältere Schwester von Engelslocke, Heike K., die dort mit gut betuchten, älteren Herren unterwegs war und mich begrüßte.

Ansonsten waren dort noch viele Lokale im Holzhüttenstil aufgebaut, ganz urig, und vor der Disco noch ein Eiscafé. Es sah aus wie in einem kleinen Dorf – darum ja auch Dorfplatz. Ich hatte da eine schöne Zeit und besonders viel Spaß mit Alex, Stephan, Rocky-EA und weiteren gehabt.

Und da gab es dann noch eine Heike, die blonde Engelslocke. Ihr Vater hatte den Kiosk am Bieberer Berg beim OFC, aber leider hielt das auch wieder nicht allzu lange, denn ich musste nach einer Zeit feststellen, dass sie leider von der Art so gar nicht zu mir passte.

Zwischendurch wurde ich auf einen Lehrgang für Druckvorlagenhersteller nach Bad Pyrmont geschickt. Dort lernte ich auch Mandy aus München kennen, die sehr nett und süß war, aber sehr traurig, weil gerade ihr Landesvater Franz Josef Strauß gestorben war. Dieser Kurs war die erste Berührung mit dem Thema Druck, mit dem ich später noch öfter zu tun haben sollte, aber leider hatte mir in Hanau keiner gesagt, dass man bei diesem Lehrgang und für den Beruf als Druckvorlagenhersteller die englische Sprache perfekt in Wort und Schrift beherrschen muss. Somit musste ich den Kurs nach zwei Wochen leider wieder beenden.

Heiße Disco-Nächte und Silvia

Mit meinem Kumpel Dieter R. hatte ich bei Ronneburg in Huttengesäß eine neue Stammdisco gefunden, das »Royal«. Das sollte meine heftigste Discozeit werden. Dort traf man alle Leute aus dem ganzen Main-Kinzig-Kreis! Das kleine Örtchen war von hinten bis vorne mit Autos zugeparkt. Manchmal musste man sein Auto drei bis vier Straßen weiter parken und nachts musste es dann erst einmal wiedergefunden werden. Das war manchmal gar nicht so leicht, obwohl ich beim Autofahren nichts trinke. Trotzdem war man da nachts auf dem Nachhauseweg wie benebelt von den vielen Stunden, die man da verbrachte – und das zu dieser Zeit mindestens dreimal in der Woche! Zu dieser Zeit hatten wir beide keinen festen Job, sodass wir manchmal die Nächte bis in den Morgen durchmachten. Nach der Disco fuhren wir auf die Raststätte, um zu frühstücken oder zum Nachtessen – mal so mal so, danach dann an den Krotzebojer See, um auszuschlafen.

Dieter nahm seinen Big Recorder mit an den See und spielte einen neuaufgenommenen Künstler vor. Es war die LP »Einzelhaft« von Falco! Und die Leute, die Mädels und so weiter, am See fragten uns fast alle: »Oh waßen des fürne heiße Mucke?«

»Falco. Ganz neu!«, sagte Dieter und »Ra dine rum, der Kommissar« tönte es den ganzen See herum, bis wir Falco berühmt gemacht hatten – an diesen Tag am See.

Wir machten am nächsten Tag in »Royal« Bekanntschaft mit Monty M. B. Er war der echte wiedergeborene Elvis, aber wirklich! Er gab mir eine Kassette von seinen Aufnahmen, die ich öfter mal in meinem Auto abspielte und jeder dachte, es wäre der echte Elvis! Ich wurde auch der erste Manager von Elvis, oder besser gesagt, von Monty! Nebenbei vertrieben wir alle Montys Modekollektion seiner Lederjacken, bis jeder Zweite eine von ihm trug.

Ich kaufte mir ein Veranstaltungsheft für den Frankfurter Kreis und telefonierte das Heft durch, bis ich Auftritte verschiedenster Art für Monty beisammen hatte – vom Bistro bis zur Disco und mehr.

Monty nimmt bis heute noch CDs auf und wir haben wieder Kontakt – zu mindestens über Facebook. Dieter hatte eines Abends mal, wir waren schon auf der Heimfahrt, etwas im »Royal« vergessen und er zog während der Fahrt seine Handbremse so, dass das Auto auf der schmalen Landstraße plötzlich andersherum stand und er zurückfuhr. Ja, Dieter war schon ein guter Autofahrer. Er hatte ja auch eine Polizeiausbildung mit Fahrertraining hinter sich.

Dieter hat circa zwei Wochen nach mir Geburtstag und er behauptete: »Ich wette mit dir, dass ich zu meinem Geburtstag mehr Glückwunschkarten von Mädels bekomme als du!« Er hat dann drei oder vier bekommen und ich so circa zwanzig. Er wusste ja nicht, dass ich im »Royal« so viel Mädels kennengelernt hatte, sodass mein kleines Telefonbüchlein fast voll war. Die eine oder andere lernte ich auch mal etwas näher kennen – das blieb da ja nicht aus! Aber es bringt einem ja auch nichts, wenn man den Wald vor lauter Bäumen nicht findet, sprich: die richtige Frau! Doch da war Silvia J., wir waren öfter mal bei ihr, bei mir oder trafen uns in der Disco »Bistro«. Ich weiß auch gar nicht mehr, warum dann einfach mal Schluss war. Wir telefonierten später noch einmal und verabredeten uns eine Woche später zu einem Treffen. Ein paar Tage später musste ich mit Schrecken in der Zeitung lesen, dass aus unserem Date nichts mehr wird, denn sie war mit ihrem Auto tödlich verunglückt!

Danach hatte ich gar keine Lust mehr, selbst Auto zu fahren und verkaufte meinen BMW 2002 Tii an den DJ vom »Royal« (eine Rarität und heute ein Oldtimer, in gutem Zustand bis zu 30.000 Euro wert, was mir aber zu diesem Zeitpunkt egal war). Der Schmerz saß tiefer, als ein Gegenstand wert sein konnte!

Wo ich zwischendurch dann wieder mal solo war, wurde mir ein Buch darüber geschenkt, wie man Frauen mit lockeren Sprüchen kennenlernen kann. Na ja, was soll ich da jetzt dazu sagen? Am besten an diesem Buch fand ich das Cover. Dort war ein Mädel drauf. Ich habe so gesehen keine Vorstellung von einer Traumfrau, denn ich meine, man sollte diese Person einfach gerne sehen, riechen und einfach gerne um sich haben wollen, um mit ihr alles im Leben anzupacken. Das wäre eine Traumfrau. Aber jetzt nur mal vom Aussehen der Dame her auf dem Cover kommt dieses schon mal hin. Sie war so ein südländischer Typ mit langem dunklen, lockigen Haar und ich sagte mir: »Oh, lieber Gott, gebe mir auch mal so ein Mädel, sende mir solch einen Engel zur Erde herunter! So ähnlich soll mal meine Frau später bitte aussehen, aber ich weiß einfach nicht, wo bist du!?«

Im »Royal« lernte ich auch noch weitere Kumpels kennen, so auch Matthias B., der auch Torwart in Fechenheim war. Er lief zu dieser Zeit wie David Bowie rum, war auch so locker drauf und immer mit einer großen Clique unterwegs. Über ihn lernte ich unter anderem auch Thomas H.

aus Dörnigheim kennen, der nach Dieter in der folgenden Zeit einer meiner besten Kumpels werden sollte.

Wir nahmen für bekannte Leute Musikkassetten auf und nannten uns vom Namenskürzel her »SiTho«. Danach wurden wir für eine kurze Zeit ein DJ-Team. Wir legten auch mal im »Royal« und in umliegenden Discos auf. Mit Plakaten machten wir auf uns aufmerksam: »Eingespieltes DJ-Team sucht neue Wirkungskreise«. Als wir ein Plakat in einem privaten Schallplattenladen aufhängen durften, sagte der Besitzer, Herr K.: »Wenn ihr noch ein paar Dricks kennenlernen wollt, ich kenn da ein paar schworze Nehscher aus Amerika, die könnten euch noch was bei bringen!«

»Ach, wir können schon alles!«, sagte Thomas. Über diesen komischen Spruch haben wir uns noch Wochen später amüsiert.

Thomas und ich waren dann auch öfter mal in Offenbach unterwegs, im Wintergarten – ein schönes Bistro gegenüber dem Busbahnhof in der Disco »La Cave« und mit einem ganz anderen Publikum als im »Royal«. Die Zeit dort war zwar anders, aber trotzdem toll. In Offenbach war halt ein wenig mehr Großstadtflair (den wir zu dieser Zeit nötig hatten).

Zu unserer neuen Clique gesellte sich jetzt auch Gaby, die Schwester von Thomas, mit ihren Freundinnen aus Westfalen, die sie in Spanien kennengelernt hatte. Dazu kamen Eric aus Frankfurt und Silke V. aus Neu-Isenburg, die mir dann später immer meine Haare gemacht hatte, denn sie war Frisöse. Nebenbei wurden die hübsche Halbitalienerin Silke und ich auch gute Kumpels und gingen auch mal so zusammen aus, aber nur rein platonisch. Sie war erst mit Eric aus Frankfurt und dann mit Erik aus Amerika zusammen.

Ja, so ging's mir fast immer mit den Mädels. Wenn man sie wirklich toll findet, sind sie zu dieser Zeit fast immer besetzt.

Zu unserer Clique gesellte sich auch Harry B., der dann mit Gaby zusammenkam, bis sie auch heirateten, wie bei Dieter und seiner Frau, und so endete es auch!

Eine Freundin von Gaby und Thomas war Marion aus Dörnigheim. Sie hatte einen kleinen Sohn (natürlich nicht von mir) und wurde mein dritter blonder Engel. Ich glaube zwar im Nachhinein, dass wir eigentlich nie so richtig zusammen waren, aber es war trotzdem eine heiße und schöne Zeit in meinem Leben, die ich nicht missen möchte. Marion sagte mir auch einmal, ich würde eines Tages ein liebes, zierliches Mädel mit dunklem Haar treffen. Das würde gut zu mir passen!

Ja, wieder das Mädel vom Cover und ich fragte mich wieder: Wo bist du? Dies verfolgte mich jetzt schon eine Weile und bis dahin wusste ich noch nicht, dass es einmal Wirklichkeit werden sollte – in nicht gar so langer Zeit.

Thomas und ich übernachteten nach einer Party bei seiner Freundin in Mülheim, wo ich auf dem Sofa schlief. Mitten in der Nacht kam auf einmal eine Freundin von Thomas' Freundin zu mir aufs Sofa. Ihr sei so kalt, meinte sie einfach und ich solle sie wärmen. Wenn ich in Nachhinein so darüber nachdenke, war das mein erster und einziger One-Night-Stand, den ich je hatte.

Mich fragte auch einmal ein Mädel im La Café, die ich von daher kannte, ob ich ihr den Zuhälter machen würde! Ich war erst mal kurz in einem anderen Film und ich fragte sie: »Sehe ich so aus!?« Und sie sagte auch noch Ja! Sie meinte es wirklich ernst. Ich versuchte ihr dann zu verstehen zu geben, dass ich nicht so ein Typ bin, der Frauen so behandelt. Ich mag Frauen!

Thomas tanzte immer im Stehen wie ein Afroamerikaner und wippte stets cool mit den Knien. Eines Tages machte in Offenbach, gegenüber vom La Café auf dem Parkplatz, eine Cocktailbar auf. Thomas und ich besuchten die Bar mal, weil es auf dem Weg lag, um zu peilen, was da so abgeht. Und ich muss sagen, es lohnte sich dorthin zugehen! Ab sofort wurde es mein Stammlokal, nicht weil es so super aussah oder die Getränke so super waren, es war die Bedienung, Regina W. Sie war eine tolle Frau: sehr galant, hübsch und sehr freundlich. Solch eine Frau muss man einfach näher kennenlernen, was ich dann auch tat, und fortan besuchte ich sie nicht nur in der Bar, sondern auch bei ihr zuhause in Offenbach Bieber, wo sie wohnte.

Ich mochte sie sehr und wir sind gute Kumpels geworden. Sie kannte auch Thomas' Freundin aus Mülheim und wir waren zusammen auf Partys eingeladen und hatten eine schöne, aber viel zu kurze Zeit miteinander.

Eines Tages stellte ich ihr auch mal Monty vor und sie mochte seinen Gesang, aber anscheinend auch noch mehr von ihm, denn immer wenn ich bei ihr vorbeifuhr, sah ich sein Auto vor ihrem Haus, und sie meldete sich zuerst auch immer seltener und schließlich gar nicht mehr bei mir. Ich weiß bis heute nicht, was da zwischen den beiden ablief und Monty und ich haben zwar noch (oder wieder) eine Verbindung zueinander, aber er wusste, dass ich Regina damals sehr mochte, und er mir einfach in den Karren gefahren war. Das finde ich bis heute nicht in Ordnung, was Monty da veranstaltete. Ich dachte schon, Regina wäre meine lang erhoffte Cover-Dame, der ich irgendwann mal begegnen sollte, aber anscheinend war sie es doch nicht.

In Frankfurt war was los

Ich hatte wieder einen neuen Job angenommen, der auch wieder mit Verkauf zu tun hatte, und zwar in der Sommersaison bei Apollo Optik in der Frankfurter Kaiserstraße am Kaisersack beim Bahnhof. Ach du meine Güte, da war was los! Es war gerade die Zeit der Fußball-Europameisterschaft 1988 in Deutschland, unter anderem mit dem Austragungsort Frankfurt. Mitten in der Fußgängerzone neben Fixern, Zuhältern und diversen Damen lagen Fußball-Fans – vor allem Engländer – auf ihren Fahnen und sonstigen Fan-Artikeln teilweise am helllichten Tag schlafend und rumpöbelnd.

Ich hatte gleich nach dem Eingang im Geschäft meinen Sonnenbrillenstand und konnte gut die Abläufe auf der Straße beobachten. Das war manchmal interessanter als das Fernsehprogramm zu Hause. Nebenan bei den Kollegen der Fotoabteilung hatten diverse Damen für ihren Shop Fotos machen lassen, die der Kollege beim Mittagsspaziergang in deren Fensterauslage wiedersah. Einmal zeigte er sie mir. Es waren Fotos mit diversen Doktorspielen drauf zu sehen.

An einem Tag kam eine schon mysteriös erscheinende Person in unseren Laden herein. Mein Kollege aus der Fotoabteilung und ich haben ihn gleich bemerkt und nickten uns gegenseitig zu. Wir sahen, dass er was in seine Jacke einsteckte. Ich und mein Kollege verstellten ihm dann den Ausgang und mein Kollege zog leicht an seiner Jacke. Im Nu fielen mindestens zehn Gegenstände aus unserem Laden aus der Jacke heraus! Unser Chef war an diesem Tag nicht da, so kam sein Stellvertreter und wir zeigten ihm den Mann, der anscheinend kein Wort Deutsch konnte. Er flehte den stellvertretenden Leiter so sehr an, dass er ihn ohne Polizei und nur mit einem Hausverbot einfach wieder laufen ließ. Wir schüttelten daraufhin nur die Köpfe, schließlich hatten wir diesen Typ unter Einsatz unseres Lebens aufgehalten! Er hätte ja ein Messer oder sonst was zücken können.

Am nächsten Tag lief ich weiter die Straße runter durch die Passagen, um meinen Lottoschein abzugeben, ohne zu erahnen, dass etwa zwanzig Minuten später dort eine Schießerei stattfinden würde. Schon wieder mal war ich dem Tod von der Schippe gesprungen. Ich kann meinem Schutzengel nur danken. Viele Male hätte ich schon tot sein können: die ganze Zeit in diesem Rotlichtmilieu, bei anderen Bekanten mit Drogen, wo ich mich zum Glück nie mit reinziehen ließ – und meine Moped- und Autounfälle nicht zu vergessen! In der Zeitung stand, in dieser Schießerei wurden ein Hütchenspieler und eine unbekannte Person, die zufällig da vorbeiging, erschossen. Der Mann, der von der Polizei mit Foto zur Fahndung ausgeschrieben wurde, hatte sehr große Ähnlichkeit mit dem Ladendieb vom Vortag. Hätte ihn die Polizei an diesem Tag abgeholt, wer weiß, vielleicht hätte er die Schießerei überleben können. Wenn er es denn wirklich war auf diesem Fahndungsfoto …

Dieter rief mich mal an. Er wollte mich auf der Arbeit besuchen, um zu schauen, in welchem Haus ich in der Rotlichtecke arbeitete. Ich sagte ihm, es ist zwar in der Rotlichtgegend, aber es ist ein Optiker, kein Rotlichthaus und keine Peepshow! Obwohl ich fast mal die

Gelegenheit hatte, in einer solchen Show mitzuwirken. Mein Kollege und ich liefen mal zum Mittag durch die Kaiserstraße. Dort sahen wir ein Schild an den Türen eines Erotik-Centers, auf dem stand, dass sie einen Peep-show-Moderator suchen würden.

Mein Kollege quatschte so laut, dass der Chef des Centers es mitbekam und uns daraufhin fragte, ob wir nicht Interesse hätten. Und der Heini, mein Kollege, sagte auch noch, dass ich der beste Verkäufer weit und breit wäre. Der Besitzer des Centers hätte mich am liebsten sofort eingestellt. Mein Gehalt hätte sich mehr als verdoppelt! Aber ich dachte wieder an meinen Schutzengel und sagte: »Nein, das hier ist keine Gegend, um alt zu werden, lieber nicht«, und lehnte das Angebot ab. Mein Kollege nervte mich noch tagelang und musste zudem auch noch fast allen anderen Kollegen diese Story unter die Nase reiben.

Als Dieter mich dann mal im Laden besuchte, sagte er zu mir: »Du siehst ja wie ein Doktor in deinem weißen Kittel aus!« (Ich trug immer so einen weißen Optikerkittel bei der Arbeit.)

Schmetterlinge und doch kein Engel

Am Wochenende war ich wieder mal im La Café in Offenbach und sah an der Bar ein ganz süßes Mädel sitzen, das von so einem komischen Typ belästigt wurde. Ich ging zu den beiden hin und fragte den Typen, ob er nicht merkt, dass er ihr auf die Nerven geht. Er antworte nur, dass mich das nichts angehe! »Das ist meine Freundin«, sagte ich daraufhin zu ihm und schaute ihn böse an. Zu meiner Überraschung stimmte das Mädel ein und der Typ verzog sich. Sie hieß Andrea H. An diesem Abend lernten wir uns bei ein paar Drinks näher kennen. Später fuhr ich sie nach Hause nach Bergen-Enkheim zu ihrem Bruder, bei dem sie wohnte. Sie hatte auch schon ein Kind. Aber keinen Freund.

Ich besuchte sie dann sehr oft und wir waren auch öfter mal bei ihren Eltern und Verwandten im Main-Spessart-Kreis – sehr ländlich gelegen in einem älteren Haus, wo ich auch mal übernachtete, aber separat in einem Zimmer auf einer Matratze auf dem Boden. Auf einmal grabbelte es nachts an meinen Beinen herum. Ich dachte schon, Andrea wäre es, aber Pustekuchen – es war eine Maus! Ich konnte die ganze Nacht nicht mehr einschlafen, weil ich die Maus jagen musste.

Andrea wohnte auch später dort bei ihren Eltern im Haus. Wir besuchten ihre kranke Mutter im Krankenhaus, die auch sehr nett war, aber später leider gestorben ist. Wir waren sehr viel unterwegs, meistens mit ihrer kleinen Tochter im Buggy-Kinderwagen und wieder mal dachten alle, es sei mein Kind.

Ich war sehr in Andrea verknallt – mit Schmetterlingen im Bauch, sodass ich auch schon bei meinen Eltern in meinem Geburtshaus (Block) wegen der leer stehenden Wohnung nachfragte. In dieser Wohnung wurde ich geboren. Leider verdiente ich damals 100 Mark zu viel, um diese – damals – Sozialwohnung zu bekommen, und sie setzten ein zwar nettes ostdeutsches Paar herein, das dann aber später auch einen Ford Mustang vor der Türe parkte. Und die beiden sollten weniger wie ich verdienen? Wer's glaubt.

An einem Abend besuchte ich mit Andrea und ihrem Baby meine Eltern. Wir saßen bei den Eltern im Wohnzimmer und sie legte das Kind solange bei mir in mein Zimmer auf die Couch zum Schlafen. Als ich beide nach Hause bringen wollte, sahen wir, dass das Kind in ihre Handtasche, die daneben stand, gegriffen hatte, ihre Zigarettenschachtel gefunden haben muss und ein paar davon schon gegessen hatte! Ich sagte zu Andrea, dass wir schnell in das Krankenhaus nach Hanau fahren müssen, woraufhin sie nur sagte: »Ach, ist doch nicht so schlimm«. Aber ich packte mir das Kind und wir fuhren schnell in das Krankenhaus. Dort in der Kinderklinik pumpten sie dem Baby gleich den Magen aus und der Doktor sagte uns noch, dass es gut gewesen wäre, dass ich so schnell gehandelt habe, sonst wäre das Nikotin in die Blutlaufbahn des Kindes gekommen und es hätte sogar sterben können.

Sie sagte nie mehr was darüber, nicht mal Danke. Stattdessen meinte sie, es wäre überhaupt nichts passiert und ich hätte einen viel zu großen Aufstand um die ganze Sache gemacht.

Als ich nach Bergen-Enkheim fuhr, weil Andrea bei ihrer Freundin war, klingelte ich wie gewohnt. Aber durch die Sprechanlage sagte sie mir nur, dass sie mich nicht mehr sehen will, und sie mich auch nie geliebt hätte. Daraufhin stieg ich in mein Auto und fuhr mit quietschenden Reifen und verdammt viel Wut im Bauch los. Ich habe sie bis heute nie mehr wieder gesehen. Nur ihr Bruder ist mir später noch mal in Aschaffenburg über den Weg gelaufen. Er erzählte mir, sie wäre mit einem Amerikaner in die USA gegangen.

Und wieder einmal war es nicht die Traumfrau, die ich suchte! Wo bist du?

Tupper und meine Traumfrau Claudia

Mein Job bei Apollo war ja nur befristet und die Zeit war schon fast wieder abgelaufen, da wurde ich auf die Geburtstagsfeier von Silkes Halbschwester Petra in Bad Vilbel eingeladen. Sie hatte auch eine nette kleine Tochter (auch nicht von mir). Petra mochte mich damals sehr gerne, sodass ich sie ein paar Male besuchte und wir alle zusammen öfter mal ausgingen. Ich mochte sie zwar auch, aber ich empfand nicht so, wie sie es tat. Nun, was sollte ich jetzt machen? Ich dachte noch an Andrea und könnte aber mit Petra was Neues starten. Ich musste mich jetzt für eine Richtung entscheiden, dachte ich, aber es kam bald alles ganz anders!

Ich war im Jobcenter in Hanau, um eine neue Stelle aus dem SIS-Computer auszudrucken. Man suchte einen Fahrer bei der Firma Tupperware in Frankfurt Hausen, ganz weit draußen schon Richtung Taunus, Abfahrt Eschborn. Dort stellte ich mich bei dem Abteilungsleiter vor. Aber der sagte mir, dass sie diesen Job gerade vergeben haben, aber sie suchen noch einen Postzimmermitarbeiter. Ich sagte ihm gleich zu und schon wieder hatte ich einen Job in Frankfurt. Ich konnte am 1. April 1989 dort anfangen und zu meinem Glück war es kein Aprilscherz. Dieser Job sollte mein Leben verändern!

Denn einfach so kam das Mädel, das so aussah wie das Cover-Mädel des besagten Buches, in das Postzimmer, um ein paar Kartons auf dem Boden mit Unterlagen zu sortieren. Ich spürte schon da, obwohl wir uns noch nicht mal unterhielten, dass sie in naher Zukunft mein Leben total verändern sollte. Ich fragte meinen Kollegen Olli K., wer das Mädel denn sei und er sagte mir, sie heißt Claudia K., aber »du brauchst es gar nicht bei ihr zu versuchen, denn mit mir ist sie auch nicht ausgegangen«. Er hatte fast schon mit jedem Mädel aus dem Hause was unternommen oder sie zumindest angesprochen und nur wenige Absagen wie die von Claudia erhalten. Aber das sollte mich doch nicht abschrecken! Ich wollte sie unbedingt wiedersehen!

Ich fuhr mit einer Handkarre beladen mit Kartons durch die Tiefgarage des Hauses, um zu einem weiter hinten liegenden Lager zu kommen. Dort parkte gerade Claudia mit ihrem Auto ein, stieg aus und sagte mal locker zu mir rüber »Hi«. Daraufhin war ich den ganzen Tag über »high«! So ein locker umher gehendes, immer strahlendes Mädel hatte ich noch nie getroffen und ich wusste, das ist meine Traumfrau, die ich schon immer suchte, und ich sagte mir: »Die musst du unbedingt kennenlernen!«

An ihrem Geburtstag, genau eine Woche vor meinem, kam Claudia in unser Postzimmer, um Mohrenköpfe aus ihrer Heimatstadt an uns zu ihrem Geburtstag zu verteilen. Eine aus den obersten Etagen verteilte an uns aus dem Keller was zu essen. Das fand ich eine super Geste von ihr. Nein, das ist nicht negativ gemeint, das fand ich wirklich gut!

Eines Tages kam wieder mal der eine komische Typ aus einem oberen Büro (ich nannte ihn Osterhas) zu uns in das Zimmer und setzte sich an meinen Schreibtisch. Er wollte gerade das Zahlenschloss von meinem Koffer öffnen, wo all meine Sachen drin waren. Ich reagierte wie ein Indianer auf Kriegsfahrt und warf meinen Faltkarton zu ihm rüber, der leicht seine Stirn berührte, sodass er auch gleich meinen Koffer losließ und ihn nie mehr anfasste. Ja, man muss doch sein Eigentum vor Dieben schützen! Das meinte auch Olli, der sich darüber sehr amüsierte.

Olli wollte sich mit mir auf der Dippe-Mess in Frankfurt am Riesenrad treffen. Ich wartete aber vergebens, denn wer nicht kam, war Olli und ich fand ihn auch nicht auf dieser Messe voller Menschen.

Nach einer kurzen Einweisung fuhr ich schon alleine die Hauspost aus. Ich hatte ja immerhin auch schon Erfahrungen als Zeitungsjunge, die mir hierbei jetzt auch wieder nützlich waren. Als ich endlich in Claudias Stockwerk ankam, war sie natürlich nicht auf ihrem Platz. Schade. Als ich schon die Ausgangstür im Blick hatte, fragte mich eine nette Stimme: »Haste auch Post für mich?«

Es war Claudia, die gerade im Kopierraum einen ganzen Stapel kopierte. »Ja, hab ich dir schon auf deinen Tisch gelegt.« »Danke dir«, sagte sie und fragte mich gleich anschließend, ob ich denn schon mal auf dem Volksfest in Aschaffenburg war. Das war ich noch nicht. »Da musste unbedingt mal hin! Wir können uns ja am Riesenrad dort treffen.«

Ich sagte blitzschnell zu ihr: »Nein! Bitte nicht schon wieder am Riesenrad! Zuletzt sollte ich Olli auf der Dippe-Mess am Riesenrad treffen, den ich nicht finden konnte. Können wir uns nicht bei dir treffen und gemeinsam hinfahren?«. Keine zwei Minuten später hatte ich ihre Adresse und wir verabredeten uns zu einem Date am 19. Juni 1989, ein Datum, das mein Leben endgültig verändern sollte.

Sie wohnte in einer gemütlichen Dachwohnung im größten Stadtteil von Aschaffenburg, in Damm. Von vorne sah man das Schloss Johannisburg und von hinten den Armorbach. Das passte ja, dachte ich mir noch.

Wir fuhren zuerst in den Schönbusch-Park, der auch wirklich sehr schön ist, tranken was draußen beim Bistro und liefen dann eine große Runde durch den Park. Ich nahm dabei ihre zierliche und sehr weiche Hand. »Durch Nivea-Pflege«, sagte sie. Durch die Berührung ihrer samtweichen Hand war ich sofort hin und weg und wusste schon zu diesem Zeitpunkt, dass ich diese Hand niemals mehr loslassen wollte! Jetzt fragte ich nicht mehr »Wo bist du?«, denn ich hatte endlich die Frau, den Menschen, Kumpel und besten Freund in einem gefunden, den ich in meinen 27 Lebensjahren bis dahin vergeblich immer suchte.

Danach fuhren wir zum Volksfest und liefen Hand in Hand über den ganzen Platz. Ich war so glücklich wie noch nie in meinen Leben zuvor. Mit Claudia zusammen war alles schön, egal was wir machten. Wir aßen und tranken was und fuhren dann mit dem Riesenrad. Von oben sahen wir über den Main und das beleuchtete Schloss. Ich kam mir vor wie in einem Film – nur schöner und live.

An dem Abend liefen wir vor zur Mainbrücke, um das Abschlussfeuerwerk anzuschauen. Es war sehr schön und zu diesem Zeitpunkt mein bis dahin auch schönstes Feuerwerk, das ich je gesehen hatte. Wir umarmten uns und küssten uns zum ersten Mal. Dabei vibrierte die Brücke und ich dachte schon, es wäre unser Kuss gewesen, aber es waren doch nur ein paar Autos und die Menschen, die auf der Brücke standen, aber für uns fühlte es sich an, als würden unsere zwei Herzen in diesem Moment so stark vibrieren.

Es war spät und wir mussten am nächsten Tag wieder zur Arbeit, also fuhren wir nach dem Feuerwerk zu ihr, wo mein Auto stand. Ich begleitete sie noch vor ihre Haustüre, um uns dort noch mal heftig zu knutschen.

Wir kamen nicht voneinander los. Ständig mussten wir das Licht von Neuem andrücken, um nicht ganz im Dunkeln zu stehen, und manchmal kamen wir auf den ein oder anderen Klingelknopf. Aber die Stimmen aus der Sprechanlage interessierten uns nicht, bis jemand sagte: »Jetzt geht mal endlich heim!«

Das machten wir dann auch gleich, aber zum Abschied mussten wir uns natürlich noch mal küssen. Es fiel uns nicht leicht, wir klebten aneinander wie Pattex und konnten gar nicht mehr aufhören. Als ich auf die Uhr schaute, wurde erst klar, wir hatten tatsächlich über zwei Stunden vor der Türe verbracht. Mitten in der Nacht fuhr ich nach Hause. Warum ich nicht bei ihr geblieben bin? Wir sind halt beide so eingestellt, dass man bei einem ersten Date nicht gleich bei dem anderen übernachtet. Das war uns beiden wichtig.

Am nächsten Tag in der Firma hatten wir beide gar keinen freien Gedanken, um zu arbeiten. Wir riefen uns intern im Hause mindestens zehn Mal an, bis wir uns zur Mittagspause beim Italiener trafen. Vor lauter Aufregung konnte ich nur einen Salat essen.

Weil es damals in der Firma nicht gerne gesehen wurde, wenn es interne Pärchen gibt, haben wir versucht, es nicht nach außen dringen zu lassen, dass wir ab sofort ein Paar waren. So ganz verstand ich das Ganze aber auch nicht, denn der Personalchef hat auch seine Sekretärin geheiratet, wie ich hörte. Und mir wäre es auch egal gewesen – im Gegenteil, ich hätte es am liebsten rausgeschrien! »Ich habe die tollste Frau auf Erden gefunden!« Aber ich war ja noch neu und in meiner Probezeit. Und Claudia war schon acht Jahre in der Firma, sodass sie alle kannten, und außerdem tratschten die sonst immer alles gleich rum. Das wollte Claudia nicht. Aber heute sehen die das in der Firma ganz anders. Und auch damals wussten alle schon, dass wir zusammen waren und zusammengehörten!

Wir beide hatten das Gefühl, dass wir uns schon ewig kennen würden. So eine Verbundenheit kannten wir vorher beide nicht, als wären wir Zwillinge. Wir passten einfach in allen Belangen zusammen, obwohl sich unsere Charaktere sehr unterschieden. Aber eigentlich waren wir immer füreinander bestimmt: Wir hatten beide das gleiche Sternzeichen, sie hat gerade mal eine Woche vor mir Geburtstag, wir haben beide eine sieben Jahre ältere Schwester, wir sind gerade mal – von der Luftlinie her – circa einen Kilometer voneinander entfernt aufgewachsen, unsere Väter haben den gleichen Vorname und ihr Vater kam auch noch aus meiner Geburtsstadt, und unsere Nichten sind im gleichen Jahr geboren. Das kann doch kein Zufall sein! Ja, und in der gleichen Firma arbeiteten wir jetzt auf noch.

Obwohl ich offiziell noch bei meinen Eltern wohnte, war ich ab sofort fast nur noch bei Claudia in Aschaffenburg in unserem Liebesnest – so kam es mir vor. Auch unsere Liebe war, verglichen mit den vorhergehenden Beziehungen, ein ganz neuer Level. Manchmal hatte ich das Gefühl, unsere Gefühle würden explodieren, bis auf Anschlag, sodass wir teilweise nicht mehr wussten, ob alles reell ist oder wir gerade einen Traum durchlebten. Adam und Eva, Romeo und Julia waren gar nichts gegen uns beide, solche Gefühle hatten wir zueinander in nur so kurzer Zeit schon entwickelt.

Die Hausmeisterin sprach uns eines Abends mal auf dem Flur an, dass die Wohnung von Claudia jetzt eigentlich von zwei Personen genutzt werde und es gegenüber der restlichen Nachbarn nur fair wäre, die Wohnung für zwei Personen wegen der Energieumlagen abzurechnen. Ja, das war wieder mal ein Wink des Schicksals: Ab sofort wohnte ich offiziell mit Claudia zusammen! Wir fuhren zum Vermieter und es wurde ein neuer Mietvertrag aufgesetzt, in dem jetzt auch mein Name stand. Also war ich mit 27 Jahren endlich aus dem Hotel Mama ausgezogen, ich war endgültig abgenabelt.

So zog ich von Hessen nach Bayern, obwohl die hier in Aschaffenburg fast genauso wie wir schwätzten, also kam man sich auch nicht gleich fremd vor. Und es waren ja auch nur 35 Kilometer von Großauheim, aber die 70 Kilometer mehr am Tag fuhr ich gerne zur Arbeit.

Wir gingen am Wochenende immer auf den Markt und in die Stadt, um einzukaufen. Alles war neu und so schön für mich, nicht nur, dass ich von zu Hause weg war, sondern auch, dass ich zum ersten Mal mit einer Frau zusammenwohnte. Und es war noch viel besser und schöner, als ich mir das immer vorstellte. Wir gingen auch viel aus, mal zum Italiener, zum Chinesen, dann zum Griechen, ins Eiskaffee, mal in den einen oder anderen Park, ins Kino. In Aschaffenburg hast du so viele Möglichkeiten, was zu unternehmen, das war super! Unser erstes Live-Konzert war in der Alten Oper in Frankfurt bei der Gruppe Londonbeat, die zu dieser Zeit sehr gefragt waren.

Einmal gingen wir auch zu der bekanntesten irischen Volksmusikgruppe The Dubliners. Das war eigentlich bis dahin so gar nicht meine Stilrichtung, aber wo ich das mal gesehen und gehört hatte, fand ich es gar nicht so schlecht. Es war egal, wo wir hingingen oder waren, es war mit ihr zusammen immer schön.

Unser erster Urlaub

Wir versuchten, dass wir zusammen in den Urlaub fahren konnten. Es hat etwas gedauert, bis wir beide unsere freien Termine in der Firma zusammenlegen konnten. Der Urlaub war eine Premiere für mich: zum ersten Mal in meinem Leben im Urlaub mit Freundin und dann auch noch ins Ausland!

Wir fuhren mit ihrem Golf über den Brenner zum Gardasee. Kurz bevor wir ankamen und über Arco nach Torbole blickten, machten wir von oben Rast, um alles zu überblicken: Eine Aussicht wie von einer Ansichtskarte lag vor unseren Füßen, voller Farben, die ich bis dahin noch nicht gesehen hatte. Einfach traumhaft!

Wir fuhren die Serpentinen herunter bei Torbole. Dort schauten wir uns eine kleine Pension an, in der schon Goethe übernachtet haben soll. Ich sagte Claudia leise ins Ohr, dass es bestimmt auch noch so aussah wie bei Goethe damals. Das Zimmer hatte zwar einen schönen Blick, aber kein Bad, nur ein Waschbecken im Zimmer. Das war uns zu diesem Zeitpunkt leider zu wenig, wir wollten unsere verschwitzten Körper von der Fahrt mindestens mal abduschen. So fuhren wir weiter nach Riva und fanden dort ein schönes Hotel mit Eiscafé vor dem Haus, das wir auch gleich nach dem Duschen besuchten, und wir spazierten in den Sonnenuntergang – Hand in

Hand am See entlang. Auf dem Heimweg mussten wir im Dunkeln durch ein Viadukt hindurch. Plötzlich flog ein ganzer Schwarm Fledermäuse davon. Claudia hat sich so erschreckt, dass sie dort auf keinen Fall wieder zurück durchlaufen wollte. Also mussten wir durch den ganzen Ort laufen, um in das Hotel zurückzukommen! Es war zwar schon Oktober, aber noch über zwanzig Grad warm. Wir freuten uns auf unser schönes, weiches Bett im Hotel und schliefen, bis die Sonne uns am nächsten Morgen wieder weckte.

Wir gingen runter zum riesig großen Frühstücksbuffet im vornehmen Saal. Danach fuhren wir gleich los, um den ganzen See rundherum zu erkunden. Claudia war die beste und sicherste Autofahrerin, bei der ich jemals mitgefahren war. Ich halte sowieso nicht viel von dem Spruch »Frau am Steuer ...«. Es ist doch egal, ob Mann oder Frau. Jeder Mensch ist verschieden und ein Unikum! Claudia strahlte bei jeder Sache, wo sie machte, Sicherheit aus. Sie ist einfach eine super Frau, Kumpel und alles, wo man gerade brauchte.

Wir hörten meine selbstaufgenommenen Musikkassetten mit Eros Ramazzotti und das Duett Zucchero mit Paul Young Senza una Donna und weiteren immer wieder an und fuhren um den ganzen Gardasee. Des war so schee! Und die Zeit verging wie im Fluge und der Urlaub war schon wieder vorbei, leider. Wir wären gerne für immer dageblieben!

Zurück auf der Arbeit

Das Postzimmer bestand aus einem super Team: Olli K., Joki K., und Norbert E., Werner H. (Postzimmerleiter) und da war noch Heinz S., der den Altersdurchschnitt etwas nach oben korrigierte, und der schlicht immer gegen jede Erneuerung war. Zusammen mit einem Kollegen hatte ich mal Vorschläge, wie wir den Arbeitsablauf verbessern könnten. Aber Heinz meinte nur: »Ach, des hat die ganzen Jahre so hingehauen, da brauchen wir des net jetzt anders machen!« Und fast all meine Vorschläge, die damals keiner umsetzen wollte, hatte der Abteilungsleiter nach meiner Zeit im Postzimmer für seine ausgegeben und umgesetzt, hörte ich. Er hatte mich auch immer negativ beim Personalchef dargestellt, sodass ich bei internen Bewerbungen nie eine Chance hatte. Meinen damaligen Abteilungsleiter haben sie dann auch entlassen (nach meiner Zeit).

Ich glaube auch, die damals tolle Truppe ist größtenteils durch ihn zerfallen. Das war sehr schade, denn ich war sehr gerne in der Firma und nicht nur allein wegen Claudia. Aber ich war ja erst am Anfang meiner fast 3-jährigen Zeit bei Tupper, die ich nie vergessen werde.

Olli und Ich fuhren mal mit dem Aufzug, eine Kollegin aus dem Hause fuhr mit, und Olli wurde schon ganz zappelig und sagte mir, nachdem wir unten ausstiegen: »Haste des gesehen?«

Ich sagte: »Klar, sie hatte einen schönen Pullover an, gell!«

Was ihn so auf-, an-, oder auch immer erregte war, dass man bei ihrem grobgestrickten Pullover sah, dass sie eigentlich ein Hauch von nichts drunter trug. Olli konnte das feststellen, denn er sah immer gern ganz genau hin. Es war auch sonst immer sehr lustig mit den Jungs und ich hatte Olli mal gesagt, wir könnten ja mal eine neue Comedy-Truppe gründen, um Badesalz mal ab zu lösen. Da sagte er noch groß Ja, aber er meinte eigentlich Nö! Ich hingegen meinte es damals schon ernst, wie man später mal sehen wird.

Claudia und ich waren an unserem ersten Heilligen Abend in unserer Wohnung in Aschaffenburg und hörten unser Lied: Phil Collins mit »Another Day in Paradise«. Und da passierte es dann. An diesem denkwürdigen Heiligen Abend 1989, wir waren gerade ein halbes Jahr zusammen, machte ich vor ihr einen Knicks, hielt ihr die Verlobungsringe hin und fragte sie. Sie antwortete ohne zu zögern mit Ja. Und wir streiften uns gegenseitig unsere Verlobungsringe über.

Verlobungsurlaub

Nach der Verlobung fuhren wir in den Winter- oder Verlobungsurlaub an den Tegernsee nach Rottach-Egern. Wir liehen uns ein paar Ski, um die Langlauf-Loipen abzufahren, ohne jegliche Erfahrungen zu haben. Es war aber sehr lustig, muss ich sagen. Dick eingemummelt fuhren wir da umher. Sie fiel öfter mal nach vorne und ich nach hinten weg, bis ich auch mal der eingefahrenen Spur folgte, was mir zuerst ganz gut gelang, bis diese geradewegs auf einen Baum zusteuerte und ich nach rechts abspringen musste. Das schien Claudia sehr zu amüsieren. Wir fuhren dann ganz langsam zurück, denn wir hatten ja Zeit – oder eher Respekt vor den Ski.

Am nächsten Tag fuhren wir mit der Kutsche durch den Schnee. Dabei fuhren wir auch an dem legendären Wildbad Kreuth vorbei, wo aber zu dieser Zeit keiner tagte. Gleich daneben liegt die Hanns Seidel Stiftung, mit der ich leider nicht verwandt bin, sonst hätten die mir mal was stiften können. Ich bin zwar bis dahin kein Winterurlaubfan gewesen, aber diesen lustigen und schönen Urlaub werde ich auch nie vergessen.

Im Hotel angekommen, gab es dann natürlich eine zünftige Brotzeit auf Bayrisch, wie sich das so gehört. Danach versanken wir nur noch in das große weiche Bett. Mit viel Muskelkater und blauen Flecken am ganzen

Körper wachten wir morgens auf und schauten vom Balkon auf die schöne Landschaft und den See, der direkt vor uns lag.

Weil wegen der Fußballweltmeisterschaft 1990 fast alles in Italien verbucht war, sind wir in diesem Jahr an den Bodensee in den Urlaub gefahren, um den Hauptstress zu umgehen. Wir sind in Unterhuldingen direkt hinter dem Pfahlbauten-Museum fündig geworden. Dort hatte gerade zu dieser Zeit ein neugebautes Hotel eröffnet. Wir waren im Hause ganz alleine. Unser Balkon lag genau über dem Eingang und wir besuchten wieder viele Orte rund um dem See bis nach Österreich, Schweiz, Liechtenstein, Lindau und Konstanz. Das WM-Endspiel gegen Argentinien haben wir auf dem Balkon geschaut und gejubelt, nachdem wir Weltmeister geworden sind.

Ein eingespieltes Team

In der Firma wuchsen wir immer mehr zu ein super Team zusammen. Es machte sehr viel Spaß mit den Jungs, obwohl wir öfter mal sehr viel und teilweise etwas länger arbeiten mussten. Wir waren so ein eingespieltes Team, dass wir es meistens in der normalen Arbeitszeit schafften.

Claudia und ich gingen zwar so oft, wie wir es konnten, zum Mittagessen, aber offiziell haben wir es keinem gesagt, dass wir zusammen waren und so ergab es sich, dass auch mal das eine oder andere Mädel aus der Firma mich fragte, ob wir nicht mal zusammen zum Mittag gehen könnten. Claudia und ich hatten nichts dagegen, wenn man auch mal mit jemand anderem zu Mittag aß. Wir erzählten es uns einfach, so wie wir uns immer alles erzählten. Wir standen uns sehr nahe.

Neue Zeiten und Veränderungen

Dann, als ich wieder in der Firma war, merkte ich, dass mit Jogi etwas nicht stimmte. Er kam immer unausgeschlafener und verstrubbelt und ab und zu immer etwas später. Er hatte den wichtigen Druckerjob, wo immer alles bei Zeiten gedruckt sein musste. Ich fand heraus, dass er eine neue Freundin hatte. Die tat ihm aber anscheinend nicht besonders gut. Immer öfter bekam er Ärger in der Firma. Das trübte die bisher gute Stimmung bei uns. Danach gab es verschiedene Veränderungen – beruflich und privat. Jogi musste leider gehen, weil seine Situation immer schlechter wurde und Norbert, der unser Fahrer bis dahin war, bekam Einweisungen auf der Druckmaschine, um den Druckerjob zu übernehmen, und wir bekamen einen neuen Fahrer, der ein junger Gartenfreund von Heinz war.

Als ich am schwarzen Brett die neue Stellenausschreibung bei dem Manager Promotion aufhängte, fragte ich Claudia, ob das denn nicht was für sie wäre. Nach kurzer Überlegung sagte sie: »Warum denn eigentlich nicht?«, und bewarb sich am nächsten Tag auf diese Stelle. Sie bekam prompt den Job und sollte schon im nächsten Monat anfangen. Dann zog der Fußballer Dieter Lindenau von Viktoria Aschaffenburg, die damals 2. Liga spielten, mit seiner Frau, die damals neben uns wohnte, aus und die etwa 100 Quadratmeter große Wohnung wurde frei. Wir schlugen natürlich gleich zu und zogen gegenüber ein. Wir hatten jetzt ein riesiges Wohnzimmer und einen noch besseren Blick auf das Schloss vorne und hinten auf den Armorbach.

Ich glaube, wenn ich Claudia die Stellenausschreibung nicht gezeigt hätte, wäre sie an ihrer alten Arbeitsstätte geblieben. Sie kam jetzt halt immer später nach Hause, sodass wir immer weniger Freizeit für uns hatten. Und bei meiner Stelle wusste man ja auch nicht, wie lange ich dortbleiben konnte, weil der Abteilungsleiter mir und Olli gegenüber immer kritischer gegenüberstand. Und dadurch mussten Claudia und ich unsere erste schwere Phase durchgehen. Einmal sagte sie sogar, dass sie Abstand von unserer Beziehung wolle. Daraufhin sagte ich ihr, dass bei 95 Prozent aller Paare, die das machen, danach Schluss ist, und meinte zu ihr, entweder wir machen jetzt gleich ganz Schluss oder lassen das mit der Beziehungspause. Ich konnte sie zum Glück überzeugen.

Später sagte Kerni, ein guter Freund von Claudia, dass sie an diesem Punkt in einer Beziehung immer die Reißleine zog, und ihre Beziehungen meist beendete. Anscheinend bekam sie immer Beziehungspanik.

Es war eine schwere Zeit für unsere Beziehung, die auch bei mir, obwohl sie meine große Liebe war, erste kleine Risse in meinem Herzen hinterließ. Aber wenn das, wie Kerni sagte, ihr normaler Werdegang bei ihren Beziehungen vorher war, musste ich sie einfach überzeugen, dass das bei uns nicht so ist! Ich wollte nicht aufgeben! Schließlich war sie die Frau, nach der ich so lange gesucht hatte. Ich wollte und konnte sie nicht loslassen.

Die Seen-Tour

Es war so weit, der nächste Urlaub kam und wir fuhren dieses Mal über Innsbruck, wo wir auch an der Bergisel-Sprungschanze vorbeifuhren. Dort machten wir eine Seen-Tour quer durch Österreich, Schweiz und Bayern. Wir fuhren alle kleineren und größeren Seen ab. In der Schweiz fuhren wir über die Autobahn und wurden dann von der Polizei angehalten. Wir hatten kein Pickerl! Wir wussten auch gar nicht, dass wir so etwas brauchen, für die kurze Autobahnüberquerung, aber der Polizist zeigte kein Erbarmen. Unwissenheit schützt nun mal vor Strafe nicht. Und so mussten wir bezahlen, hatten aber immer noch kein Pickerl. Das kauften wir dann an der nächsten Tankstelle – doppelte Strafe. Wir wollten zum Wolfgangsee, aber es regnete in Strömen und es war so dunkel, dass ich fast nichts mehr sah. Wir bekamen zum Glück noch ein Zimmer im Sporthotel in Bad Ischel. Am nächsten Tag fuhren wir an den Wolfgangsee bei St. Gilgen. In einer gemütlichen Pension und im Ort hatten wir den besten Kaiserschmarrn aller Zeiten gegessen. Auf der Rückfahrt stiegen wir noch mal in der Fränkischen Schweiz ab, in Gößweinstein, das auch sehr schön war.

Apollo die Zweite, Bettina, und armer Großonkel

In der Zwischenzeit hatte ich auch wieder eine gute Stelle bei Apollo Optik angeboten bekommen. Ein Bekannter, den ich damals auf einer Feier dort kennenlernte, war inzwischen Filialleiter im Hessencenter in Bergen-Enkheim. Und da es bei mir im Job eher wackelte – ich wusste nicht, ob sie jetzt wirklich Olli und mich sowieso bald feuern wollten oder nicht und zudem sah man das ja damals nicht so gerne mit internen Beziehungen –, sollte ich mich wohl intensiver mit dem Angebot beschäftigen.

Im Hause hatten wir auch eine neue Mitarbeiterin, Bettina B., die wie ich aus Hanau kam. Sie fragte, ob ich sie nicht ab und zu mal mitnehmen könnte zur Arbeit, da sie meistens mit dem Zug kam, eine umständliche Art. Ich sagte: »Wenn es mit unseren Arbeitszeiten klappt, könnten wir das machen!« Also nahm ich sie ab und zu auf der Heimfahrt mit und sie wurde mir eine gute platonische Freundin. Als Dank lud sie auch mal Claudia und mich zu sich und ihren Verlobten ein, sodass wir uns alle mal näher kennenlernten.

Da Claudia immer weniger Zeit hatte, manchmal noch nicht mal, um Mittag zu machen, musste ich meistens alleine in den Mittag gehen. Dabei traf ich auch wieder Bettina und sie fragte, ob ich nicht mit wollte und wir gingen zusammen in den Mittag und machten noch einen

Spaziergang durch den Park. Sie fragte dann, ob was mit mir und Claudia sei. Ich erzählte ihr halt als gute Freundin, was war, und dass jetzt nichts mehr so ist wie vorher. Sie meinte, ich sollte mir überlegen, ob ich da überhaupt noch daran festhalten wollte, aber ich wollte Claudia nicht aufgeben und das war auch gut so, wie sich später noch zeigen sollte.

Bettina war mir damals eine gute Freundin und ich finde es schade, dass wir uns nach unserer Tupper-Zeit nie mehr gesehen haben, denn ich nahm das Angebot von Apollo Optik an. Im Hessencenter fing ich zunächst mit einer Probezeit an, aber danach sollte ich einen Festvertrag bekommen. Ich war dort Lagerchef und auch in der Beratung im Laden tätig. Es machte auch sehr viel Spaß wieder mit Publikum zu arbeiten, was mir so lag. An der Arbeit hat mir alles gefallen. Nur dass es in dem Gebäude keine Fenster gab, dafür aber eine Klimaanlage, war das einzige, was mir nicht so zusagte. Zu dieser Zeit hatte auch Dragoslav Stepanovic seine Kneipe »Stepis« dort im Keller. Ab und zu sah ich auch einen Spieler von Eintracht Frankfurt da rumlaufen, z. B. Ulli Stein.

Auch wenn man es mir kaum glauben wird, aber mein Lieblingsgroßonkel Ernst väterlicherseits ist damals drei Mal gestorben! Zwei Mal war er scheintot. Beim ersten Mal ist er aus dem offenen Sarg aufgestiegen und beim zweiten Mal war es schon kurz vor seiner Beerdigung, da hat er in dem schon zugenagelten Sarg geklopft und gerufen. Ich habe Claudia gesagt, dass wenn ich mal sterbe, dass ich bitte erst mal zwei Wochen aufgebart werde!

Ich machte in Nürnberg Langwasser einen Lehrgang zum Augenoptikassistenten. Dort kam ich mir vor, als würde ich Frisöse lernen, denn ich war der einzige Mann. Aber ehrlich gesagt, empfand ich das als gar nicht so schlimm – eigentlich überhaupt nicht. Sehr viele nette Mädels machten mir das Lernen in dieser Zeit leichter. Jeder hatte ein Zimmer in einem Fürther Hotel, denn die Mädels kamen aus allen Richtungen Deutschlands. Wir verstanden uns alle richtig gut. Und beim Abschied – wie das so bei Mädels unter sich ist – gaben sie sich alle Küsschen und ich mittendrin! Eine von ihnen fuhr im gleichen Zug wie ich nach Hause und kurz bevor ich in Aschaffenburg aussteigen musste, verabschiedete sie sich noch etwas intensiver von mir. Claudia sagte mir schon vorher, dass sie mich nicht am Bahnhof abholen könnte, weil sie wie üblich in dieser Zeit länger arbeiten müsste. So musste ich mich halt mit meinem schweren Koffer und zwei Taschen umständlich in den Bus stopfen. Als ich zu Hause ankam, musste ich das Ganze noch die Treppen hoch in die Dachwohnung schleppen.

Als ich in die Wohnung kam, war Claudia schon da und sagte: »Ja ich bin eben auch erst gekommen«, und sprang auch gleich in das Badezimmer. Ich fühlte mich so, als hätte Claudia die Verabschiedung der einen Kollegin direkt mitbekommen. Das war natürlich nicht möglich, aber ein kalter Hauch lag nicht nur im Raum, sondern auch über unserer Beziehung, sodass ich manchmal so für mich schon dachte, die Beziehung zu beenden, obwohl sie meine Traumfrau ist. Aber das wollte ich einfach nicht!

Es war zwar alles nicht mehr so intensiv wie am Anfang, aber wir blieben zusammen. Wie ich so hörte, soll das bei länger laufenden Beziehungen, die wir bis dahin beide noch nicht so hatten, normal sein. Der Job im Hessencenter machte mir aber trotzdem viel Spaß. Es gab da einen älteren Herrn mit Problemen am Kehlkopf, der sich nur mit Berührung seines elektronischen Gerätes über eine Computerstimme unterhalten konnte. Er wollte immer nur von mir bedient werden, auch wenn es sich um rein optische Beratungen handelte. Ich war ja nur Augenoptikassistent und kein ausgebildeter Optiker, aber das war ihm egal, weil ich ihn beim ersten Mal so nett bediente und beraten hatte. Das hielt ich für eine große Anerkennung und bedeutete mir sehr viel.

Höllenfahrten

Eines Tages war ich gerade mit dem Auto auf dem Heimweg, da kam ein riesiges Unwetter auf mich zu. Am helllichten Tage wurde es stockdunkel und es schüttete wie bei der Sintflut. Alle Autos hielten am Straßenrand an, nur ich fuhr mit circa 80 Kilometern und Dauerwischer weiter ins Helle Richtung Aschaffenburg. Ich schaffte es, aber es war das heftigste Unwetter, das ich beim Autofahren je erlebte.

Ein paar Tage später hatte Claudia auf der Heimfahrt zu uns nach Hause nach Aschaffenburg, Höhe Frankfurter Kreuz, mit ihrem Auto ein Reifenplatzer – bei über 100 Kilometern auf der Autobahn! Zum Glück konnte sie den Wagen am Seitenrand zum Halten bringen, ohne dass ihr was passiert ist. Der ADAC hat ihr geholfen und sie kam wieder heil nach Hause. Wir schlossen uns in die Arme und weinten fast vor Glück, dass sie diese Situation so unbeschadet überstanden hatte. Viele ihrer Unsicherheiten mir gegenüber schienen plötzlich verflogen zu sein und es war danach fast wieder wie am Anfang zwischen uns!

Unser schönster Urlaub

Dieses Mal brauchten wir beide unbedingt unseren Urlaub, der einer der schönsten werden sollte, obwohl natürlich alle schön waren. Wir machten dieses Mal eine Tour »Italien – Süd Frankreich« von Genua bis Marseille. Erster Halt war das große Hotel in San Remo, oben auf einem Hügel, mit schon fast serpentinenartiger Straße nach oben. Ich kam mir mit meinem 3er BMW schon etwas mickrig vor, denn da parkten fast nur Rolls Royce und Ferraris vor der Tür. Das Zimmer hatte dementsprechend auch seinen Preis. Wir gingen in die Ortschaft zu einer Pizzeria, wo wir auch Pizza und Salat bestellten, die im Gegensatz zu Deutschland sehr ölig waren. Am nächsten Tag fanden wir in Menton das wahrscheinlich schönste Städtchen an der Côte d'Azur. Wir gingen in ein Hotel, das gegenüber der Straße gleich den Strand hatte, zwar mit Kieselsteinen, aber schön gelegen. Wir hatten eine Fischsuppe und Claudia wollte noch einen Obstsalat. Der Kellner konnte leider nur Französisch und verstand uns nicht (wir ihn auch nicht). Claudia bekam dann nur ein Teller mit Obst – samt Schalen. Neben dem langen Strand gab es auch noch sehr viel in Menton zu sehen und wir gingen jeden Tag woanders hin. Es war sehr schön dort und zwischendurch fuhren wir in verschiedene Orte, einmal Eze, das Bergdorf, wo sie auch »Über den Dächern von Nizza« mal drehten, danach eine Pizza in Nizza am Hafen aus einem Steinofen. Die war sehr gut. Und Richtung Cannes fuhr an uns ein Rolls Royce vorbei, wo am hinterem Fenster Toni Curtis rausschaute! Ja, das ist aber da unten ganz normal, solche Leute zu sehen.

In Cannes fuhren wir über die Rote-Teppich-Allee, so benenn ich sie jetzt mal. Es war wie im Fernsehen, nur live und zum Anfassen. Danach fuhren wir auf der Straße zurück, wo Grace Kelly verunglückte. Wir hielten in Monaco und setzten uns vor das Casino und kauften uns ein Eis, zwei Bällchen für 12 Mark. Sehr günstig, muss schon sagen. Ja, keine Mehrwertsteuer dafür teuer!

Nach der Zeit in Menton fuhren wir nach Marseille. Dort wollten wir eigentlich noch weiter zur Autobahn Richtung Barcelona, aber es wurde immer heißer – mindestens 40 Grad im Schatten. Claudia bekam zu allem Übel noch eine Sonnenallergie, sodass wir doch über Marseille Richtung Heimat fuhren. Es war ein Traumurlaub!

Job weg und ein Unfall mit Claudia

Meine Probezeit war vorüber und ich freute mich jetzt darauf, fest übernommen zu werden, aber es kam anders als gedacht, denn die Filiale musste betriebsbedingt leider zwei Angestellte entlassen und der Erste war natürlich ich, weil ich auf Probe war. Nun bin ich extra von Tupper weg, um hier den fest zugesagten Job anzutreten, und nun steh ich wieder ohne alles da.

Ja, so ist das manchmal im Leben, ein stetiges Auf und Ab.

Claudia hatte eine große Reise vorbereitet und war auch noch auf ein Treffen der Firma mitgefahren. Auf der Heimfahrt passierte dann ein Unfall auf der Autobahn. Höhe Alsfeld fuhr ihnen ein LKW hinten rein. Claudia rief mich vom Krankenhaus aus spät abends an. Ich sollte mir keine Sorgen machen, sie hätte nur ein Schleudertrauma. Sie wurde durchgecheckt und kam dann wieder nach Hause!

Euroschule Aschaffenburg

Ich hatte über das Amt in Aschaffenburg ein PC-Kurs in der Euroschule bekommen. Die Räume waren mitten in der Fußgängerzone. In den warmen Sommertagen hatten wir immer die Fenster offen und es roch jeden Tag nach Döner vom Laden unten drunter und die Stühle waren auch nicht gerade die neuesten. Jeder zweite bekam dadurch Probleme mit dem Rücken, aber ansonsten brachte der Kurs schon was. Es war eine bunt gemischte Truppe mit Tanja, Markus W., Thomas, Gina G., und Ferdinand G. Bei Markus zuhause waren Claudia und ich mal eingeladen. Er hatte zwei Söhne und seine Frau hieß Claudia. Wie denn sonst?

Bei Thomas und seinem Freund zuhause waren wir auch mal. Thomas sah aus wie sein Namensvetter Anders in seinen besten Jahren. Danach waren wir alle bei Gina, sie sagte uns sie, wäre die Ex-Frau von Thomas Gottschalks Bruder! Tanja nervte meistens, weil sie nie aufhören konnte zu schwätzen. Sie redete andauernd, sodass man den Lehrer vorne kaum verstehen konnte. Einmal standen wir vorn in einer Reihe, um eine Vorführung des Lehrers anzusehen, natürlich schwätzte Tanja wieder los, ich stand genau links neben ihr und machte einen kleinen Sidekick wie beim Kickboxen voll in ihren Po. Auf einmal schrie sie: »Wer war das!?« Natürlich keiner von uns, aber danach war endlich mal Ruhe im Haus. Markus sah das und zwinkerte mir zu. Später schwärmte er öfter von dieser Situation, wie toll ich das doch gemacht hätte.

Markus verdiente sich neben bei noch etwas, indem er Telefonerotik machte. Später versuchte es auch seine Frau damit, verließ aber ihn und die Kinder später und ging mit ihrem neuen Freund, einem Kunden, nach Norddeutschland. Armer Markus und die Kinder!

Claudia, Promis, Verona, Venedig und ein falscher Name

Claudia war wieder auf einer Geschäftsreise in Stockholm. Sie war jetzt fast nur noch unterwegs mit der Firma. Beim Rückflug sammelten sie sich alle in der Halle des Frankfurter Flughafens – wie üblich mit in den in die Höhe gehaltenen Tupperschildern. Da kam schnurstracks ein langer blonder Schlacks auf sie zu namens Thomas Gottschalk und sagte zu Claudia: »Tupperware, die kenn ich aus den USA!«

Und in einem Hotel in Graz traf sie mal auf Falco, der da auch gerade Gast war und an der Bar saß – neben Claudia und ihrer Kollegin Jutta S.

Claudia organisierte auch die großen Reisen nach Monaco, wo sie bis zu 2.000 Teilnehmer hatten und sie im Casino dort mal auf den heutigen Fürsten von Monaco traf. Claudia betreute auch Künstler wie Udo Jürgens, der gar nicht so einfach war, wie alle immer von ihm erzählten – mit seinem Glasflügel, weißen Bademantel und Rotweinwünschen. Und dann auch noch die Gruppe Marquess und Suzi Quatro, die, obwohl sie ein Weltstar war, sehr nett und lieb zu allen war.

Auf einem Rückflug von solch einer Reise saß mal eine Reihe hinter Claudia und ihrer Kollegin Günter Netzer mit seiner Frau.

Claudia und ich fuhren als nächstes in den Urlaub nach Verona, eine sehr schöne Stadt! Dort haben wir vor der Arena di Verona einen Kaffee getrunken und hatten mit dem damals nicht profimäßigen Fotoapparat drei zusammenhängende Fotos gemacht, sodass wir die ganze Arena drauf bekamen.

Auf den Rückweg zum Auto, das außerhalb stehenbleiben musste, liefen wir gerade über die Brücke, da sprach uns ein Pärchen auf Italienisch an und fragte, wie spät es denn wäre. Anscheinend sahen wir aus wie Einheimische. Oder wollten sie doch nur schauen, ob ich eine Rolex am Handgelenk trug?

Danach fuhren wir weiter zu unserem Hauptziel Venedig. Dort überquerten wir mit der Autofähre das Meer zu der Insel Lido, wo wir in einem schönen, aber alten Hotel abstiegen. Wir wollten uns noch ein wenig den Strand anschauen und gingen dort eine Weile lang spazieren. Dann hatten wir gerade noch Glück, denn sie wollten das Tor am Zugang abschließen. So kamen wir gerade noch raus, sonst hätten wir am Strand übernachten müssen.

Es gab da leider nur eine Großraumdusche, weshalb sich Claudia nur am Waschbecken wusch und ich musste natürlich diese Dusche nehmen, bei der ich mir einen Fußpilz einhandelte, mit dem ich heute noch meine Nachwirkungen habe. Aber ansonsten waren das Hotel und die Insel schön.

Am nächsten Tag fuhren wir nach Venedig rüber. Es war etwas trübe und ich nahm den Regenschirm mit, der viele Jahre eine große Bedeutung haben sollte, weil ich mit diesem Schirm einen kleinen Scherz mit Claudia machte. Beim Aussteigen von Boot runter berührte ich Claudia mit diesem Schirm leicht am Popo und sie dachte jahrelang, dass es dort ein Italiener gewesen wäre, der ihr an den Po tätschelte, bis ich es ihr vor Kurzem beichtete, dass ich es mit dem Schirm war.

Auf der Rückfahrt fuhren wir noch mal über Genua für ein paar Tage an den Gardasee in Riva. Und wieder ging ein schöner Urlaub zu Ende.

Als Claudia mal ihren Pass Verlängern wollte, sagte man ihr, dass ihr Pass die ganze Zeit eine falsche Eintragung hatte. Und zwar ihr Vater hatte damals Claudia mit einen »K« eintragen lassen und sie wurde über 30 Jahre jetzt falsch mit »C« geschrieben und die Änderung mit den Buchstaben »C« wäre eine Namensänderung und würde 700 DM kosten. Das machte Claudia natürlich nicht. Ich war der Meinung, dass Claudia mit »K« doch toll ist. Das gibt es nicht so oft und ist was Besonderes! Ihre Initialen waren also K. K. In diesem Buch belasse ich es aber bei Claudia, sonst kommen hier noch Verwirrungen auf und jeder denkt dann, ich habe eine neue Frau!

Bianka, die Nichte von Claudia, war bei uns mal auf Besuch. Sie und Claudia gingen nach Aschaffenburg City, erst um zu shoppen und später, um in den Schönbuschpark zu gehen. Bianka wollte unbedingt, dass wir mal mit dem Ruderboot fahren. Dabei konnten wir beide nicht schwimmen! Aber Bianka meinte nur: »Aber ich!« Da ich noch nie alleine Bootschen gefahren bin, wusste ich nicht genau, wie man paddelt und wir kamen anfangs gar nicht von der Stelle. Das Boot drehte sich nur, da fing die kleine Bianka auf einmal an rumzuschreien. Sie war kurz vorm Weinen, denn sie hatte auf einmal Angst bekommen, und dachte, wir gehen gleich unter. Ich bekam es schließlich einigermaßen hin, wir fuhren eine Runde um den See und legten wieder an. Bianka weiß bis heute nicht, warum sie an diesem Tag so panisch reagierte, aber so sind Kinder halt!

Aus einem Gag wird Wirklichkeit

Ich hatte einmal zu einem Geburtstag meiner Nichte Tanja als Nebengeschenk eine Kassette von der Comedy-Gruppe Badesalz aufgenommen. Zum Schluss waren aber hinten noch 10 Minuten unbespielt. Das mag ich gar nicht. Also nahm ich kurzerhand einfach ein bissel Comedy mit mir auf. Tanja hörte sich das an und sagte: »Hinten dran, das ist das Beste! Ist bestimmt neu, kenn ich noch gar nicht!« Ich antwortete ihr: »Kannste auch nicht, das bin ich!«

In der Zeitung las ich einige Zeit später eine Anzeige mit dem Angebot von einem kleinen Tonstudio in Großkrotzenburg, eine CD günstig aufzunehmen. Ich sagte zu Claudia: »Was ein Zufall, gerade wo ich Tanja die Kassette besprochen habe. Es kam mir wie ein Wink des Schicksals vor, dass ich das jetzt machen sollte! Ich setzte mich hin und nahm ein Band mit verschiedenen Gags auf, die mir so im Alltag einfielen. Es wurden immer mehr und es machte mir auch richtig Freude, mich damit zu beschäftigen. Schließlich hatte ich so viel Material beieinander, dass ich mich bei diesem Tonstudio meldete. Es gehörte einem Typ in meinem Alter namens Erik B., der das kleine aber schöne Tonstudio hatte. Wir planten die Aufnahme meiner CD mit hessischer Comedy. Sie sollte, an meinen Namen angelehnt, SiSei heißen. Erik vermittelte mir einen Anwalt in Großkrotzenburg, Frank E., der heute noch mein Anwalt und Freund ist und sein Büro jetzt in Großauheim hat. Über ihn ließ ich mein SiSei als Patent eintragen.

Am Anfang dachte ich, dass wir das schnell über die Bühne bringen würden, doch es zog sich Monat um Monat hin. Wenn wir etwas aufnahmen, war es meist nach der ersten Aufnahme im Kasten, aber es war einfach wahnsinnig schwierig den nächsten Termin bei ihm zu bekommen. Nach etwa einem Jahr war es dann soweit. Die CD war pressfertig, und hieß »Hand in Hand von Si-Sei-Comedy« und wurde erst mal in einer kleinen Menge gepresst, weil es ja eigentlich im Privaten bleiben sollte, aber nach und nach fragte ich bei Tageszeitungen und Stadtzeitungen in der Region Aschaffenburg und Hanau nach, und die hatten alle Interesse, mich und meine CD zu präsentieren und mich als neuen Comedy-Künstler vorzustellen, sodass ich nach einiger Zeit mehrere Anfragen zu Live Gigs-(Auftritten) hatte. Ursprünglich wollte ich das ja gar nicht.

Claudia gründete ein Musikverlag: »KK Music«, um mich zu vermarkten, und aus einem Gag wurde so Wirklichkeit. Mein erster Auftritt war in der »Katakombe« in Aschaffenburg. Es kamen neben Claudia und Erika unter anderem auch mein Cousin Fred K. mit seiner Frau und viele Freunde. Das Haus war am Ende voll. Und es hat Spaß gemacht! Also stand ich wie meine Oma auf der Bühne und bei der Aschaffenburger Stadtzeitung »City Express« bekam ich Werbung, indem ich sie austrug. Ich hatte auch im Comoedienhaus Wilhelmsbad in Hanau vor vollen Haus einen Auftritt und es war super! – Ein Abend für junge Künstler. Dort lernte ich auch Rainer Bange, den bekanntesten Hanauer Kabarettisten, kennen, der mit seinem Comedy-Programm »Familie Kleinschmidt« über den Hessischen Rundfunk im Radio und

TV auftrat. Er lud mich zu sich nach Hause ein und hatte Interesse, mit mir mal einen Gag – oder auch mehr – in seinen Live-Auftritten zu machen.

Ich fühlte mich geehrt, aber ich musste ihm dann leider doch absagen, weil sein Kollege, der ihn bei seinen Auftritten immer musikalisch begleitete, mir leider am Abend des Auftrittes negativ aufgefallen ist und ich wegen ihm abgesagt habe. Das finde ich heute sehr schade, aber wenn mir was nicht in den Kram passt, will ich das auch nicht machen –ein typischer Widder halt!

Über La Spezia und Comedy zum SiSei Magazine

In diesem Urlaub ging es Richtung Toscana nach La Spezia. Wir folgten einer Sehenswürdigkeitenkarte vom ADAC, die uns dort hinführte, aber so toll – mit der Fabrik im Sichtfeld – war der Ausblick auch nicht. Zurück über Genua wollten wir eigentlich dann in der Richtung Menton, aber durch Baustellenumleitungen sind wir erst wieder in Asti rausgekommen. Es war schon dunkel geworden und auch in Asti waren noch mal Umleitungen von den Carabinieri. Wir fuhren mindestens drei Mal an der gleichen Stelle vorbei und bevor sie uns noch verhaftet hätten, sind wir halt doch Richtung Gardasee gefahren. Da kamen wir an einer Stelle raus, wo wir noch nie waren. Über die Berge – in den westlichen Teil des Sees – sind wir endlich kurz nach Mitternacht rausgekommen, aber dann – es sollte wohl so sein – fanden wir dort das ehemalige Jagdschloss von Sissi, das heute ein schönes Hotel in Gardone di Riviera ist. Wir besuchten dieses Hotel später des Öfteren und verbrachten dort tolle Urlaube. Es wurde zu unserem Lieblingshotel am Gardasee!

Der Freund vom Chef bei City Express fragte mich, ob ich auch mal ein Fotoshooting in einer Disco übernehmen könnte. Ich sagte zu und es machte riesigen Spaß! Ich lernte auch Geschäftsleute und Veranstalter kennen und wollte mich über diese Kontakte selbstständig machen, um so aus meiner Arbeitslosigkeit zu kommen. Ich fragte beim Arbeitsamt nach, ob sie mich nicht in meinem Vorhaben unterstützen würden, aber zur Antwort bekam ich nur, dass es da schon so viele in dieser Branche gäbe, sodass der Erfolg zweifelhaft wäre. Also eine klare Absage! Aber was noch viel schlimmer war, war, dass es eine gefühlte Ewigkeit dauerte, bis ich endlich Arbeitslosengeld bekam. Ich fühlte mich vom Staat im Stich gelassen. Deshalb kann ich so manchen Frust vieler Bürger in Deutschland gut verstehen. Immer großes Gerede und nichts dahinter. Man kann leider nur mit wenig Unterstützung bei Arbeitslosigkeit, Krankheit und im Alter rechnen. Das sollten Claudia und ich selbst am eigenen Leib erfahren. Und hätte ich nicht meinen Willen und Claudia gehabt, wäre ich heute bestimmt immer noch arbeitslos oder gar auf der Straße gelandet. So gründete ich ohne Eigenkapital meinen Buch- und Musik-Verlag – nur durch Eigenakquise und Vermarktung als Künstler und Herausgeber meiner eigenen Zeitung eines am Anfang startenden Print-Stadtmagazin in Aschaffenburg –, der auch mein Kürzel tragen sollte: SiSei Magazine, das es bis heute noch als Online-Magazine gibt.

Ich hatte noch weitere Live-Auftritte mit meiner Comedy und verkaufte meine CD in der Region von Aschaffenburg, Hanau, Darmstadt, Offenbach, Frankfurt a. M. bis nach Wiesbaden und Mainz, wo ich dann immer mehr und größere Kontakte sammelte. Nicht zu vergessen, meinen allerersten Live-Gig zur Präsentation meiner CD hatte ich ja schon vorher auf der Gartenparty von Erika und Reiner, zu der all meine Freunde eingeladen waren.

Aber da ich jetzt mit meinem Magazine startete, musste ich meine Comedy immer mehr zur Seite schieben. Ich hatte dafür auch leider immer weniger Zeit, weil diese beinahe komplett für das Magazine beansprucht wurde.

Mein Magazine sollte etwas Besonderes werden. Darum sparte ich weder an Kosten noch Qualität.

Bevor das erste Exemplar herauskam, war es schon auf Monate mit Werbung und Fotoshootings verkauft, die in die ersten Ausgaben reinkamen. Die bisherigen Magazine auf dem Markt bestanden in den Innenseiten meist aus Brotpapier, wie ich immer dazu sagte, und wurden höchsten noch mit einem Hochglanz-Cover aufgewertet. Aber mein Magazin hatte durchgehend Hochglanzseiten. Das gab es bis dahin noch nicht! Das war einer der Gründe, weshalb es sehr gut angenommen wurde. Ich stellte zudem ein gutes Team zusammen, fand den besten Drucker vor Ort, Schwab Offset in Hainburg, und suchte den besten Grafiker in Hanau, Jogi K., der heute in Thailand verweilt. Dieser ließ auch von einem Bekannten unsere Comedy-Figuren zeichnen, die bis heute das Logo in der Startseite sind. Das Team wurde durch Roland G., Fotomeister aus Großauheim, und dem Haarstudio Wolf aus Aschaffenburg vervollständigt. Mit Roland und Jogi habe ich bis heute noch Kontakt!

Unser letzter Urlaub

Als wir in den Flieger stiegen, wussten wir noch nicht, dass London 1997 unser letzter Urlaub sein sollte.

Dr. Detlev W., ein guter Freund von Claudia aus Aschaffenburg, fuhr uns zum Flughafen nach Frankfurt am Main. Es war auch für mich nach dem Flug mit dem Vater von Michael W. mein erster Flug mit einer großen Maschine. Es ging aber. Außer einem kleinen Ruck beim Abheben der Maschine war alles gut verlaufen. Am Flughafen London Heathrow fuhren wir mit einem der berühmten, schwarzen Taxis. Es war nur ein Wochenende in London, das Claudia bei der Weihnachts-Tupper-Verlosung gewonnen hatte und es war alles schon für uns gebucht: Hotel, Rundfahrten mit dem Bus, Ausflüge in Madame Tussauds (wo man viele bekannte Leute traf, die aber meist ein wenig steif wirkten) und in das Musical »Starlight Express«, wo sie mit ihren Rollschuhen über unsere Köpfe hinweg flogen. Dann sahen wir noch den Trafalgar Square, Piccadadelly Circus, Tower of London, Tower Bridge, Buckingham Palace, Speakers Corner (nordöstlich Ende des Hyde Parks, auf Deutsch: Ecke der Redner!), Scotland Yard und sonst noch alles, wo man einfach sehen musste. In der berühmten Einkaufsstraße in dem Künstlerviertel, wo der Film Notting Hill zwei Jahre später gedreht wurde, waren wir auch, ohne es da zu wissen. Wir erkannten es später in diesem Film wieder!

Wir waren begeistert von der Organisation der Reise. Wir hatten sogar eine deutsche Reiseführerin, sodass unsere Nachfragen perfekt beantwortet wurden.

Anfangs wollte ich gar nicht so gerne mit, weil ich dachte, London kalt und liege ständig im Nebel, aber das Gegenteil war der Fall. Es war eine Reise, die sich wirklich gelohnt hatte. Bis heute bin ich froh, dort gewesen zu sein.

Vom Frankfurter Flughafen wurden wir von meiner Schwester Erika und ihrem Mann Reiner abgeholt und wir fuhren nach Hause in das schöne Aschaffenburg.

Claudia auf Tour und
SiSei-Shootings

Claudia war auch weiterhin sehr viel mit Tupper unterwegs: Prag, Lissabon, Florenz, Monaco, West- und Südeuropa. Ich hatte die große Aufgabe, mein Magazine allein aufzubauen. Die Werbeverkäufe liefen gut. Es gab sogar Jahresverträge, wie etwa der Diskothek »Way Up« in Hainburg. Mit ihr hatte ich einen meiner größten Kunden, die sehr lange Zeit die Titelseite und Fotoshootings buchten. Die Besucher der Disko dachten schon, es wäre das hausinterne Magazin. Es lag am Eingang aus und war immer sehr schnell vergriffen. Die Titelseiten und die meisten Fotoshootings wurde unter anderem von Uschi und Herb J. oder Ralf K., Ralf M., Reiner G. und von mir gemacht. Für die meisten war aber Roland G. verantwortlich. Zum Geburtstag des Magazine machten wir in der Disco eine große Verlosung mit tollen Sponsorenpreise meiner Werbekunden. Die Preise reichten vom Regenschirm bis hin zu einer Reise!

Gewöhnlich fanden die Shootings im Studio von Roland statt, aber einmal haben wir das auch direkt in der Disko veranstaltet. Die Hanauer Star-Figaros, die Brüder Gianfranco und Toni C., die auch Kunden des Magazins waren, frisierten die Models vor Ort. Die beiden hatten auch hinter ihrem Studio in Hanau einen Club, wo wir zusammen immer super Veranstaltungen hatten. Einmal fuhren unsere Freunde Thomas und Bernd mit ihren Long Car und der Gruppe »Soulexpress« vor dem Studio vor. Wir hatten viele Gäste. Die »Mike Steam Band« und weiterer Musik- und Tanz-Acts, wie die Gruppe »Free Motion« aus Hanau und Umgebung. Besonders durch die Models, welche die Verlosung durchführten, kam tolle Stimmung auf. Hier stach vor allen anderen Monika K. heraus. Reiner Ralf und fast alle Jungs bekamen die Verlosungen gar nicht so richtig mit, weil sie als nur auf die hübsche Monika schauten. Ja, wäre ich zu dieser Zeit nicht mit meiner Traumfrau Claudia zusammen gewesen, hätte Monika mir auch gefährlich werden können.

Gianfrancos Lieblingssatz war Folgender: Für »Wenn das Wetter etwas wärmer und schwüler wurde«, sagte er in gebrochenem Deutsch stattdessen, »isse heute wieder viele Schwule draußen«. Daran denke ich heute immer noch, wenn es mal wärmer wird, und erzähle meinen Bekannten davon. Gianfranco ist mit seiner Familie wieder nach Calabria zurück, wo sie ein Ristorante und einen Club mit mehreren Ferienwohnungen direkt am Strand betreiben. Die meisten Italiener, wo ich kennenlernte, waren oder sind aus Kalabrien.

Weiterhin musste ich auch noch mit Jogi, dem Grafiker, alles zusammensetzen. Er machte die Vorlagen und zum Schluss kam der Drucker Schwab Offset in Hainstadt. Danach die Verteilung der Magazine, was ich auch selbst machte. Ich hatte zwar anfangs keine so große Auflage wie andere Stadtmagazine, aber ich verteilte sie sinnvoller, denn wo die Großen 100 Stück am Kiosk auslegten und dann mindestens 30 oder mehr überblieben, legte ich weniger aus und verteilte dadurch an vielen verschiedenen Stellen. Die restlichen Magazine nahm ich wieder zurück, meist als Muster für den Verkauf. Ein Heft kostete in der Produktion 2,- DM und ich verschwendete nichts, verwendete alles weiter und so wurde das Magazine eines der ersten, das vom Stadtmagazin zum regionalen und überregionalen wurde. Wie auch bei den Verkaufsstellen meiner CD hatte ich Kunden in Aschaffenburg, Hanau, Offenbach, Darmstadt, Frankfurt a. M. bis nach Wiesbaden und Mainz, wo wir mit Mike P., dem Diskobetreiber aus Wiesbaden, Thomas M. und Bernd D. von Hollywood Cars und Hollywood Event unsere Boots-Partys veranstalteten. Gaststars waren unter anderem Jürgen Drews, Antonia aus Tirol und Captain Jack. Alles war immer im Nu ausverkauft.

Für das Magazin machten wir Fotos von den Partys. Wir teilten uns dabei die Arbeit. Reiner G. war bei DJ Bobo, Ralf K. bei der DFB-Elf und Rudi Völler, Herb J. und ich bei Ramazzotti, Barbara D. (ihr New-York-Bericht, der bis heute zu den Top 8 in der Statistik zu finden ist) bei Captain Jack. Die New-York-Reise machte Barbara im August 2001, kurz vor dem Terrorangriff am 11.09.2001. Uschi machte ganz tolle Fotos, unter anderen auch bei Jürgen Drews und anderen Künstlern, die heute noch in unserem Online-Magazine zu sehen sind.

Dann wurde unsere Auslage immer größer, sodass ich Hilfe brauchte. Nach langer Suche und mehreren Versuchen mit Austrägern fand ich endlich die richtigen, das Pärchen Sonja und Markus B., die mir dabei helfen konnten, dass das Magazine immer bekannter wurde.

Später bekam ich auch die zweite große Disco als Kunde, den Paramount Park in Rödermark. Dort haben wir im ganzen Park auch unsere Footoshootings gemacht. An einem Abend trat dort auch Captain Jack auf. Es war damals noch der originale, erste Sänger, der leider ja später verstarb.

Wir waren auf vielen Konzerten unterwegs: Eros Ramazzotti, Elton John, Luciano Pavarotti, die drei Tenöre und Tenörinnen mit Montserrat Caballe, The Sweet und

DJ Bobo in Aschaffenburg, Frankfurt, Hanau, Darmstadt und Offenbach. Mit Partnern wie Miss und Mister Germany Corporation machten wir in den Diskotheken im ganzen Umkreis Shootings. Auf ihren Veranstaltungen fanden wir auch das eine oder andere Model für unsere SiSei-Models. Der Rest sind Geschäftsleute oder bekannte Gesichter der Region. Diese kann man auch noch heute im **www.sisei-magazine.de** nachschlagen.

Alle lobten unsere Fotos. Sogar die Leute von den Stadtmagazinen der Region fanden sie gut.

Über Miss Germany Corporation bekam ich auch zum ersten Mal Kontakt mit der Miss Germany 2002, Katrin Wrobel, die heute auch Schauspielerin und Moderatorin ist. Heute ist sie ebenfalls Redakteurin in unserem Online-Magazin. Katrin ist eine sehr nette, liebe und lustige Person. Das kann man nicht von jedem Promi behaupten, und ich freue mich sehr darüber, dass ich sie näher kennen lernen durfte!

Bei der Fußballweltmeisterschaft 2002 in Asien, an die sich auch nur noch Wenige richtig erinnern können, hatte die DFB-Elf als Außenseiter ja eigentlich sehr gut abgeschnitten. Erst im Endspiel unterlagen sie den Brasilianern mit 0:2. In Frankfurt a. M. wurden sie dann groß empfangen, gemeinsam mit ihrem Teamchef Rudi Völler. Ralf K. hat davon auch ein paar Fotos geschossen, die noch heute im Netz stehen.

Alles ändert sich

Geschäftlich gesehen sah es bei Claudia und mir zu dieser Zeit gut aus. Claudia hatte den super Job bei Tupper und in meiner Firma erreichte ich gerade einen Höhepunkt, aber leider sollte sich bald unser ganzes Leben schlagartig verändern!

An meinem Geburtstag 1999 sind wir zum Chinesen am Dalberg in Aschaffenburg zum Essen gegangen, da wurde es Claudia auf einmal schwindelig und wir mussten das Essen abbrechen. Gleich am nächsten Tag ging sie zum Arzt, der zunächst eine Birkenpollenallergie diagnostizierte. Als es aber nicht besser, sondern schlimmer wurde, hat man sie in die Uniklinik nach Würzburg überwiesen. Dort wurden viele fürchterliche Tests mit ihr gemacht. Sie entnahmen ihr sogar mit kleinen Bohrungsproben aus Kopf und Fuß. Dabei kam dann heraus, dass sie am Autoimmunsystem erkrankt war, was bedeutet, dass ihr Abwehrsystem nicht wie normal für sie, sondern gegen sie arbeitet. Die Professoren sagten, dass dies eine angeborene Krankheit ist, die irgendwann im Laufe des Lebens ausbricht. Claudia musste eine Weile in der Klinik bleiben, bis alle Tests und Untersuchungen abgeschlossen waren.

Claudias Vater Erich und ich besuchten sie oft in der Klinik. Als wir an einem Tag beide die Klink verlassen hatten, setzten wir uns auf die Parkbank vor dem Hause. Wir konnten es beide nicht glauben, dass Claudia auf einmal so schwer krank sein sollte. Es nahm uns beide in diesem Augenblick sehr mit. Wir fanden zunächst fast keine Worte, schauten uns nur gegenseitig an. Uns kullerte beiden eine Träne über die Backe. Er nahm meine Hand und ich versprach ihm, dass ich immer für Claudia da sein werde. Es rührte ihn und er sagte, es würde ihn sehr freuen, wenn Claudia und ich einmal heiraten würden. Ich entgegnete ihm, dass das nicht an mir liege, denn immerhin sind wir schon seit fast zehn Jahren verlobt. Ich war froh, dass Erich da war. Einen Vater wie ihn hatte ich mir immer gewünscht. Als ich ihm das sagte, antwortete er, dass er immer auch gern einen Sohn wie mich gehabt hätte. Das einzig Gute an dieser schlimmen Situation war, dass wir uns endlich mal sagen konnten, was wir gegenseitig voneinander hielten und dachten.

Nach ein paar Tagen konnte ich Claudia endlich wieder aus der Klinik abholen. Sie musste aber weiterhin noch andere Untersuchungen von verschiedenen Ärzten über sich ergehen lassen. Sie war erst mal krankgeschrieben. Danach ging Claudia mehrere Wochen nach Bad Salzhausen zur Reha. Erich und ich besuchten sie, sooft wir konnten und liefen immer im Park spazieren. Als es ihr nach einer Weile besser ging, durfte sie wieder nach Hause.

Der behandelnde MDK-Arzt in Aschaffenburg schlug ihr vor, Erwerbsunfähigkeitsrente einzureichen, die er schon genehmigt hatte. Aber da es ihr nach der Reha wieder besser ging, wollte sie es erst noch mal versuchen, wieder zu arbeiten, denn sie war halt gerne bei Tupper zur Arbeit gegangen. Ihr Chef versprach ihr,dass sie langsam wieder eingearbeitet wird, aber nach kurzer Zeit hatte sie schon mehr Arbeit auf ihrem Schreibtisch als vorher. Anstatt ein bis zwei Reisen zu bearbeiten, hatte sie schon drei bekommen und an einer sollte sie gleich wieder teilnehmen. Und nicht nur auf der Arbeit hatte sie schon wieder Stress, nebenbei renovierte sie mit ihrem Vater und einem Freund von uns, Klaus S., der auch für mein Magazin arbeitete, das alte Omahaus in Großauheim. So oft ich konnte, schaute ich auch mal herein, denn ich war gerade dabei, ein paar Neukunden für das Magazine zu bekommen.

Promis, Oberbürgermeister und ein Fast-Crash

Seit 1989 war ich Mitglied der SPD und Klaus Herzog war unter anderen mit mir in der Ortspartei Aschaffenburg Damm. Heute ist er Oberbürgermeister von Aschaffenburg. Dasselbe war auch so in Großauheim, wo Claus Kaminsky jetzt Oberbürgermeister von Hanau ist. Ich war zu einer Pressekonferenz der Stadt Offenbach zu Ehren von Hermann Nuber, Ex-Spieler, Trainer von Kickers Offenbach und Mitglied im WM-Kader 1958, eingeladen. Dort lernte ich auch weitere Promis kennen: Buddy Caine, den Schlagersänger der 60er Jahre von den 5 Dops mit Manuela – damals und heute noch als Buddy Caine Band unterwegs. Er ist ein großer OFC-Fan! Danach war ich auch mal bei ihm zu Hause und wollte sogar was zusammen mit meinem Magazine machen. Des Weiteren tauschte ich mit Waldemar Klein, Ehrenpräsident von Kickers Offenbach, die Visitenkarten aus. Er war mit seiner Frau Barbara bei der Ehrung, die ich später des Öfteren beim Einkaufen in Hainstadt traf. Und Jürgen Grabowski, der mich und alle anderen mit Handschlag begrüßte und mich sogar fragte, für welches Blatt ich schreibe und fotografiere, traf ich ebenfalls. Dafür dass er mal ein Fußballweltstar und unter anderem Weltmeister 1974 war, gab er sich wie einer von nebenan. Er war sehr freundlich, nicht nur zu seinen alten Bekannten. Da gibt es sicher nicht viele von der Sorte.

Bei Claudia wurde der Stress indes von allen Seiten immer größer. Ich hatte zwar auch nicht sehr viel Zeit, weil ich kurz vor einem Umbruch in meiner Firma stand, aber ich nahm sie mir einfach und fuhr Claudia morgens immer zur Arbeit und holte sie abends wieder ab, denn pro Woche waren es ja fast 800 Kilometer, die sie fahren musste. Auf einer Heimfahrt hatte es stark zu regnen angefangen. Ich fuhr auf der mittleren Fahrspur, als das Auto rechts neben mir plötzlich ins Schleudern kam und fast in uns hinein krachte. Es rutschte nach rechts in Richtung der Ausfahrt Offenbach und kam zum Glück an der Bande zum Stehen. Es war nichts weiter passiert.

Ein Bekannter von Daniel S., der ein Kunde von mir war und später auch etwas mehr, stellte die Titelseite vom Magazine mal online, nur so als Test. Ich hielt zunächst nicht viel davon, denn ich war kein Online-Fan, aber es wurde so gut angenommen, dass es sich mit der Zeit etablierte und wir im Netz immer präsenter wurden. Es war der Beginn einer neuen Richtung des Magazins.

Claudias traurigster Geburtstag

An Claudias Geburtstag im Jahr 2000 klingelte das Telefon schon früh morgens mehrmals hintereinander. Ich sah, dass es Claudias Mutter war. Sie hatte bereits einige Male versucht anzurufen. Als ich sie zurückrief, traf mich fast der Schlag. Claudias Vater war gestorben. Als ob das nicht schon für mich Schock genug war, musste ich es Claudia sagen – und das an ihrem Geburtstag.

Ich ging zu ihr ins Schlafzimmer, da fragte sie mich: »Wer hat angerufen? Mein Vater?« Ich brachte es kaum übers Herz. Ich nahm ihre Hand und drückte sie an mich.

Wir fuhren anschließend zu ihrer Mutter und ich organisierte alles. Claudia und ihre Mutter waren dazu nicht in der Lage. Erich war beim Aufstehen im Bett verstorben und das Beerdigungsinstitut konnte mit dem Sarg nicht durch den engen, geknickten Flur durch, sodass er durch das Fenster abtransportiert werden musste. Ich half dabei, den Blechsarg aus dem Fenster zu hieven.

Er wurde keine 72 Jahre alt und ich fühlte in diesem Augenblick so großen Schmerz, als hätte ich meinen eigenen Vater verloren. Wir standen uns wirklich nahe.

Nun musste ich mich um zwei kranke Frauen kümmern, denn ich versprach Claudias Mutter auch nach ihr zu schauen. Ich organisierte die Beerdigung und kümmerte mich um Claudias Mutter. Und da ich ein gutmütiger

Mensch bin und keinen im Stich lassen kann, machte ich es, ansonsten hätte sie nicht mehr alleine in ihrem Haus Wohnen bleiben können. Der MDK hätte sie in ein Heim überwiesen, das wollten Claudia und ich auf keinen Fall. Nach außen hin schien Claudia stark zu sein, aber ich merkte ihr an, dass es sie doch sehr mitnahm, denn ihr Vater war ihr liebster Mensch, den sie gerade für immer verloren hatte. Und ohne es zu diesem Zeitpunkt zu wissen, wurde ich ab diesem Tag der wichtigste Mensch für diese beiden Frauen. Ich würde ab jetzt für immer für sie da sein.

Einen Tag zuvor waren wir noch mit Erich im Omahaus. Er war mit mir noch die Leiter im Anbau hoch und meinte, hier müssten wir auch noch was machen. Ansonsten machte sich Erich nicht viel aus Worten. Seine Sorgen und seinen Kummer behielt er meist für sich. Er war noch von der alten Sorte, die nicht ihre Familie beunruhigen wollte. Am Abend vor seinem Tod sagte er mir jedoch, dass die Pflege für seine Frau Maria immer mehr wurde und er nicht wüsste, ob er das noch lange bewältigen könne. Ich ahnte nicht, dass dies wahrscheinlich ein Hilferuf war.

Das Omahaus war fast fertig und einzugsbereit, es war nicht mehr allzu viel zu erledigen. Klaus S. und Claudia waren noch mit Malarbeiten beschäftigt und Jürgen B. fertigte Einbauschränke für das Haus an. Seine Frau Renate, eine gute (Schul-)Freundin von Claudia, setzte mir die Texte für mein Magazine auf.

Zurück nach Großauheim

Die Beerdigung von Claudias Vater war die größte in unserer Familie. Etwa 800 Leute sind gekommen, um sich von ihm zu verabschieden. All seine Vereine, denen er angehörte, waren vor Ort: sein Gesangsverein sang in der Kapelle und am Grab seine Feuerwehr. Freunde trugen ihn zu Grabe und seine Jagtfreunde standen Spalier für sein letztes Geleit. Der Bürgermeister und Vertreter der Parteien waren ebenfalls dort, natürlich auch all seine Freunde und Verwandten. Erich war eine bekannte Person in Hainstadt.

Anfangs konnte ich mir gar nicht vorstellen, in das Omahaus einzuziehen, denn ursprünglich sah es sehr mitgenommen aus, aber wir hatten viel dran gemacht und investiert, sodass es am Ende sogar ganz gemütlich aussah.

Nun war es so weit, wir verließen unser schönes Aschaffenburg, wo wir unsere schönsten Stunden (Jahre) beieinander waren, nicht ohne auch eine kleine Träne im Auge zu haben.

Wir zogen in meiner Geburtsstadt nach Großauheim zurück, gleich neben Rolands Fotostudio, wo wir fast all unsere Model-Shootings machten.

Beim Umzug waren uns viele Freunde behilflich. Klaus S. wollte verhindern, die Steckdose abschrauben zu müssen, nahm einfach den Herd und hob ihn alleine darüber. Schwiegervater Erich nannte ihn mal »unseren Reimund Harmstorf«, der aus dem Vierteiler »Der Seewolf« aus den 79er Jahren. Klaus war mindestens genau so stark, auch ohne Kartoffeln zu zerquetschen, und sah Harmstorf sehr ähnlich. Er war Forstangestellter und schleppte anscheinend die Bäume auf der Schulter hinfort – so kam es uns vor.

An ihren Sandkastenfreund Georg K. verschenkte Claudia fast all ihre geliebten Grünpflanzen, die sie ja nicht mehr pflegen konnte und auch der nötige Platz dafür war nicht mehr vorhanden.

Unschöner Start ins neue Jahrtausend

Das Jahr 2000 brachte auch eine Umstellung meines Magazins mit sich. Erschien es bis dahin als Print-Version, wurde es nun ein Online-Magazine, für das ich die Homepage **www.sisei-magazine.de** erstellte. Nebenbei kümmerte ich mich die meiste Zeit um Claudia und ihre Mutter. Das Online-Magazin machte zwar auch noch viel Arbeit, aber nicht so viel wie die Print–Ausgabe. Das Online-Angebot kam sehr gut an. In einem Monat hatten wir mal 750.000 Anfragen.

Nach circa einem Jahr, nachdem Claudia wieder angefangen hatte, in ihrer Firma zu arbeiteten, musste sie ihre Arbeit letztendlich doch aufgeben, denn ihr ging es wieder schlechter. Sie hatte wenig Kraft und konnte schlecht laufen. Manchmal musste sie schon nach ein paar Handgriffen Pause machen.

Da wir die Stadt und das Bundesland gewechselt hatten und es über ein Jahr her war, dass der MDK-Arzt in Aschaffenburg sie in Erwerbsunfähigkeitsrente schicken wollte, ergaben sich eine Reihe von Schwierigkeiten. Sie musste sie zwar jetzt in Anspruch nehmen, aber diese war jetzt ungültig. Also musste sie zum Arbeitsamt, Fragebögen ausfüllen, zu medizinischen Untersuchungen, wieder zum Arbeitsamt. Es war eine Qual für Claudia. Gefangen in der Bürokratie. Die Einrichtungen, die eigentlich dazu da waren, ihr zu helfen, sie zu unterstützen, erschwerten ihr das Leben. Nach vielen Wochen Hin und Her mit den ganzen Behörden bekam sie endlich das zugesagt, was sie ja schon vor über einem Jahr bestätigt bekam: ihre Erwerbsunfähigkeitsrente.

Am 30. November 2001 wartete ich schon eine Weile auf Thomas K., meinen jungen Webmaster. Er war sonst immer überpünktlich und sehr korrekt. Seit Neustem, nachdem er seine Führerscheinprüfung bestanden hatte, fuhr er immer ein Kleinkraftrad. Ich sagte ihm schon immer, dass er doch das Krad über die alte Auheimer Brücke schieben oder zumindest langsam drüber rollen solle. Das hätte ich früher auch immer so gemacht, aber weil er immer sehr korrekt war, wollte er alles immer richtig machen und sagte, er müsse das kurze Stück über die Autobahn fahren. Nachdem er schon fast 40 Minuten über unserem Termin war, rief ich bei ihm zu Hause an. Seine Mutter meinte, er ist pünktlich wie immer losgefahren und müsste doch schon lange bei mir angekommen sein, da hörte sie im Radio, dass auf der besagten Autobahn ein schwerer Unfall passiert war. Hoffentlich war das nicht Thomas, waren wir uns beide einig, aber leider bestätigte sich der Verdacht. Er ist genau an der Anschlussstelle der B 43a, Höhe Klein Auheim, auf der Einfädelspur ins Rutschen und daraufhin auf der Hauptfahrbahn unter einen Lastwagen geraten. Das Krad fing Feuer. Thomas starb noch an der Unfallstelle. Er wurde nur 16 einhalb Jahre alt. Wir standen alle unter Schock. Immer die guten Menschen, die alles korrekt machen wollen, werden dafür so böse bestraft. Thomas war einer meiner besten Webmaster, die ich je hatte. Ich Denke bis heute noch an dich, mein lieber Thomas.

Dann hatte ich zum ersten Mal eine junge Webmasterin. Es war Anna K., die von alleine ihre guten, ja sehr guten Ideen mit in das Magazine brachte und dadurch noch weiteren Pep mit rein brachte. Sie war neben Thomas und ein paar anderen die allerbeste Webmasterin, die ich je hatte, sodass ich sie sogar noch größer in meine Firma mit einbringen wollte, denn sie war die Erste, die alles mit großer Freude anging, aber leider verlies sie uns auch wieder nach einer Weile, um zu ihrem Freund nach England zu ziehen. Danach verloren wir leider auch noch einen guten Webmaster, der ebenfalls auf die Insel nach London ging. Florian (Flic) R. aus Aschaffenburg, der mein größter Webmaster aller Zeiten war – mit einer Größe von 196 cm – und der bei den Fotoshootings sogar Thomas M., unseren Terminator, überragte. Ich hoffe, den beiden geht es in England gut!

Claudia wird nur herumgeschoben

Claudia wurde in das Klinikum Aschaffenburg eingewiesen. Dort sollte ihre Krankheit behandelt werden. Wir fuhren gemeinsam hin und mussten durch die Hintertür hinein, wo die Notaufnahme war, um sie anzumelden. Vor dem Eingang lag ein Teppichläufer und Claudia kam unglücklich mit dem Fuß unter diesen Läufer und stolperte. Ich konnte sie gerade noch so halten, sodass sie nicht hinfiel, nur der Fuß tat ihr weh. Es war ein warmer Sommertag und viel los. Viele Leute, die umgekippt sind und dazu massenweise Unfälle, was dazu führte, dass wir über zwei Stunden warten mussten. Währenddessen schmerzte Claudias Fuß immer mehr. Da sprach ich noch mal den behandelten Arzt an, um zu fragen, wie lange es noch dauern würde, denn meine Verlobte habe große Schmerzen. Ansonsten sollte er mir die Unterlagen wiedergeben und wir würden zu unserem Hausarzt fahren. Danach dauerte es nicht mehr lange und sie schauten endlich nach ihr. Nach der Untersuchung stellten sie fest, dass ihr kleiner Zeh gebrochen war.

Und es kam noch schlimmer, denn das schon bestellte Zimmer für ihre Behandlung wurde in eine andere Station für Knochen Brüche verlegt. Sie wurde nur noch mit ihrem Bruch behandelt. Der eigentliche Grund ihrer Einweisung müsse dem der aktuellen Verletzung erst mal hinten anstehen, sagten sie. Nach ihrer Zehenbruchbehandlung wurde sie wieder entlassen, weil in der anderen Station kein Platz oder Termin mehr frei war. So kam sie nach Hause. Ihr ging es nun noch schlechter als vorher, da sie fast nicht mehr alleine laufen konnte, nur ganz langsam und sehr schlecht. Wir hatten eigentlich unser Schlafzimmer im 1. Stock eingerichtet, doch nun konnte sie die schmale Treppe nicht mehr nach oben. Ich hätte sie ja hochgetragen, aber dafür war es zu eng gebaut. Also vereinbarten wir ein Termin mit einer Firma, die sich mit Treppenlifts auskannte. Ein Mitarbeiter schaute sich die Lage an und sagte: »Ja tut mir leid, es ist leider zu wenig Platz vorhanden, sodass wir hier keinen Treppenlift anbringen können.«

Das hieß für uns, dass wir unten auf dem Schlafsofa übernachten müssten. Das Haus war nicht allzu groß und dadurch wurde alles noch etwas enger. Aber wir ließen uns nicht unterkriegen. Wir hatten unser erstes eigenes Haus und – nicht zu vergessen – unsere Liebe, die uns immer enger verband. So entschieden wir uns, in naher Zukunft endlich mal zu heiraten und machten uns dazu die ersten näheren Gedanken.

In der Zwischenzeit bewarben sich immer mehr Leute für die SiSei-Models im Magazin. Die Fotos nahmen wir bei Roland nebenan im Studio auf. Wir wollten zwar den Anbau des Hauses mal ausbauen, aber durch die Lage, in der wir uns befanden, war uns dies momentan nicht möglich, sodass wir noch nicht mal all unsere Umzugskartons aus Aschaffenburg auspacken konnten. Diese waren im ersten Stock und im Keller abgestellt, in der Hoffnung später alles endlich auszupacken, denn es war teilweise ein Leben aus dem Karton, das auch allmählich an den Nerven zerrte.

Meine Mutter Elisabeth kam des Öfteren mit ihrem Fahrrad nach ihren Einkäufen vorbei, um bei uns mal reinzuschauen. Meine Schwester Erika schaute auch ab und zu mal vorbei.

Der Oberbürgermeister-Wahl- kampf und unsere Hochzeit

Im Jahr 2003 konnten wir zwei positive Großereignisse verzeichnen. Es schien endlich aufwärtszugehen – beruflich und privat!

Zum einen besorgte ich mir die Unterlagen zur Anmeldung als Oberbürgermeisterkandidat in Hanau für die anstehende Neuwahl, nachdem Frau OB Margret Härtel zurücktreten musste. Aber davor kündigte ich meine Mitgliedschaft bei der SPD, der ich seit 1989 angehörte, in Hanau und Aschaffenburg, denn zu dieser Zeit konnte mich keine Partei mehr überzeugen. Deswegen war es auch ein logischer Schritt, dass ich mich als parteiloser Kandidat bewarb.

Der Favorit und Hauptgegenkandidat war mein alter Parteikollege aus der Großauheimer SPD-Ortspartei, Claus Kaminsky, der schon den Bürgermeister- und Kämmererposten innehatte. Er hatte somit ganz klar große Vorteile gegenüber allen restlichen Kandidaten, denn der CDU-Kandidat konnte wegen eines Formfehlers nicht auf gestellt werden.

So waren sechs Kandidaten für die Wahl die übriggeblieben. Als parteiloser Kandidat mussten Unterschriften gesammelt werden, um bei der Wahl antreten zu dürfen. Einige scheiterten daran. Mal waren es zu wenig, mal waren einige ungültig. Deswegen sammelte ich auch viel mehr Unterschriften als nötig waren, um dies zu umgehen. All meine Freunde und Geschäftsfreunde unterstützten mich bei meinem Wahlkampf. Ein großer Dank geht an alle, die dabei waren, besonders rauszuheben sind Nico G., Marina N., ihre Schwester Nadine und deren Freundinnen Erika B., Tanja B., Roland G., Jogi K. und Thomas M. mit seiner Firma Hollywood Cars.

Wir machten mit unserem Team den Hanauer OB-Wahlkampf zum Hollywood Wahlkampf. So etwas gab es in Hanau auf diese Art noch nicht. Gegner und Neider sagten natürlich darüber, dass sie es eher als Show ansahen, anstatt mich als Kandidaten zu sehen. Auf meinen Plakaten war ich nicht allein zu sehen. Über mir ragte Thomas als Terminator und unter mir ein Model von SiSei, sodass mich mal der Landrat bei einer Ausstellung in der Galerie Thomas Lang in Großauheim darauf ansprach. Man sollte doch alleine auf dem Plakat erscheinen, meinte er. Darauf fragte ich ihn, wieso? Es ist doch keine Vorgabe, dass es so sein müsste. Darauf konnte er nichts antworten. Es gab einfach keine Vorgabe für Wahlplakate. In unserer Wahlkampftour waren wir mit dem Long Car unterwegs, das mich zuhause abholen wollte, sodass Claudia das Car auch mal sehen könnte. Das hatte aber nicht funktioniert, denn das Car kam nicht in unsere kleine Gasse hinein, sodass ich nur vorne an der Bahnhofstraße einsteigen und Claudia dadurch das Car leider nie Live sehen konnte. Thomas ragte oben aus dem Schiebedach mit seiner Terminatorkluft heraus: Sonnenbrille und Shotgun! Alle, die das sahen, dachten, es werde ein neuer Terminatorfilm in Hanau gedreht. Dabei hatten wir noch Flyer-Girls und fuhren alle Stationen an, wo mein Wahlplakat aushing. Schlacker wollte uns noch mit seinen MC-Freunden Begleitschutz geben, aber das wäre zu viel des Guten gewesen.

In den Medien wurde teilweise geschrieben, Kaminsky tritt gegen den Terminator an. Am Anfang des

Wahlkampfes wurden in den Berichten zum Wahlkampf fast ausschließlich über die Kandidaten Kaminsky und Seidel gesprochen. Die anderen Kandidaten wurden in einem Kurzbericht hinten drangehängt und in der Presse erschienen gut 50 Berichte über mich und meinen Gegenkandidaten Kaminsky. Wir schienen die Favoriten der Presse und Medien zu sein.

Erst nach einer Sitzung in Klein-Auheim, die vor allem von SPD-Anhänger besucht wurde, zog mich und weitere Kandidaten in den Quoten nach unten, indem sie uns die Worte im Munde rumdrehten, so wie später der Hanauer Anzeiger und andere berichteten.

Ein Beispiel: Das Jubiläum von Groß- und Klein-Auheim stand an. Es gab einen Streit darüber, welches Auheim jetzt eigentlich 1.200 Jahre alt wird. Da habe ich gesagt, es wäre doch besser, einfach zusammen zuarbeiten, statt zu streiten. Daraufhin schrieb die Presse, dass ich gesagt hätte, ich wolle Bürgermeister von »Total-Auheim« werden und Groß- und Klein-Auheim zusammenlegen. Sogar unser Hanauer Anzeiger, für den ich als Bub mit meiner Mutter jahrelang ausgetragen hatte, schrieb es. Ich war sehr enttäuscht. Ja, Hanau ist die Stadt der Gebrüder Grimm, anscheinend war der Redakteur, der das schrieb, ein Nachfahre der Märchenbrüder gewesen. So kam es mir jedenfalls vor. Dadurch fiel ich in den Umfragen natürlich erheblich zurück. Wurde ich zuvor mit Platz zwei gehandelt, lag ich nun auf dem vierten Platz. Na ja, zu mindestens habe ich im Endeffekt noch zwei Kandidaten hinter mir gelassen, und es brachte mir viel für meine Firma und meinem Namen.

Aber es war teilweise ein unfairer Wahlkampf. Die Geschäftsleute, die mich unterstützten, bekamen fast alle Probleme und meine Wahlplakate wurden fast jeden Tag heruntergerissen und fein säuberlich in der Tonne neben dran entsorgt. Das machte mich stutzig und ich recherchierte, um zu schauen, wer dahinter steckt. Da musste wohl ein Kandidat nach den ersten Hochrechnungen, bei denen ich auf Platz 2 aufgeführt worden war, so einen großen Bammel bekommen haben und mich als ernstzunehmenden Gegner angesehen haben, dass er diese Veranstaltungen aufführen musste. Ich erhoffte mir zwar mindestens den 3. Platz, aber lieber einen ehrlichen 4 Platz belegen, als mit solch Maffiamethoden vielleicht die Wahl gewinnen zu können. Ich wollte dies dem Wahlausschuss vorlegen, doch dazu braucht man 100-prozentige Beweise und Zeugen und ich wollte diese Leute in diesen Sumpf nicht mit hineinziehen. Claudia wollte das auch nicht. Unsere Gedanken kreisten darum, bald zu heiraten. Also beließ ich es dabei. In der Politik ist es wie bei den Asiaten, du wirst zwar immer von ihnen angelacht, aber in Wirklichkeit verbergen sie ihre wirkliche Meinung.

Die ganze Sache mit der Wahl war spannend und prägte das Jahr. Was aber noch viel einprägsamer war, war unsere bevorstehende Hochzeit!

Nach über 14 Jahren Verlobungszeit war es endlich so weit. Die Hochzeit war leider nicht so groß, wie wir es eigentlich immer wollten. Claudias Vater war ja leider nicht mehr unter uns, ihrer Mutter ging es auch nicht gut und sie selbst konnte wegen ihrer Krankheit das Ganze auch nicht so angehen, wie sie es gern gewollt hätte. So heirateten wir zwar nur über das Standesamt, aber wenigstens im Hanauer Schloss.

Thomas von Hollywood Cars kam mit einem weißen alten Rolls-Royce-Cabrio vorbei und holte uns ab. Fast all unsere Freunde waren im Schloss zur Trauung erschienen. Danach feierten wir noch ein wenig im Ristorante Da Luciano in Großauheim. Ralf machte uns zu diesem Tag eine schöne Foto-DVD, die ich mir heute noch gerne anschaue. Dafür danke ich Ralf K. bis heute!

Nun habe ich meine Traumfrau geheiratet. Ich war sehr glücklich und stolz, dass ich endlich an mein Ziel angekommen war, und gefunden hatte, wonach ich schon immer gesucht hatte. Es war ein sehr schönes Gefühl, zu wissen, mit ihr den Rest meines Lebens verbringen zu dürfen. Ich fühlte mich so wohl in ihrer Nähe. Jeder sah und spürte, dass wir zusammengehören. Am liebsten währen wir in die Flitterwochen gefahren, aber das ging wegen ihrer Krankheit leider nicht, so machten wir uns zuhause ein paar schöne Tage, Hauptsache wir hatten uns! Das war momentan das Wichtigste für uns beide auf dieser Welt.

Claudia geht es immer schlechter

Reiner G., der Haus- und Hoffotograf am Biberer Berg bei Kickers Offenbach, machte auch für das SiSei-Magazine Fotos, Wir trafen mal in Hainstadt aufeinander bei einem Kunden von mir. Er vermittelte uns auch einmal zwei Spieler aus dem Kader von Kickers Offenbach für unsere Model-Aufnahmen bei Roland im Studio. Und danach hatten wir einen Spieler aus dem Kader vom FSV Frankfurt als Model. Alle spielten in der 2. Bundesliga.

Als ich nach den Fotoaufnahmen mit Reiner G. für das Sisei-Magazine rüber zu uns nach Hause ging, traf mich der Schock. Da lag Claudia am Boden im Flur. Ist sie gestürzt? Hatte sie schmerzen? Ich rief gleich einen Krankenwagen an. Nach einer gefühlten Ewigkeit kamen sie endlich und luden Claudia in den Krankenwagen. Ich fuhr natürlich gleich im Wagen nach Hanau mit. Der Weg, den sie nahmen, kam mir sehr komisch vor. Irgendwie fuhren sie einen Umweg und ich fragte, ob es noch lange dauern würde, weil Claudia große Schmerzen hatte. Da wurden sie alle sehr unfreundlich. Sie stoppten den Wagen und forderten mich auf, auszusteigen. Ich tat das natürlich nicht. Ich wollte bei meiner Frau bleiben. Sie diskutierten eine Weile mit mir und blieben die ganze Zeit stehen. Ich durfte dann bleiben, aber insgesamt dauerte der Transport von Großauheim nach Hanau fast eine halbe Stunde. Als wir endlich ankamen, wollte ich mir die Namen der Sanitäter notieren, um mich später beschweren zu können, aber Claudia hielt mich davon ab. So habe ich es halt dabei belassen, was mir wirklich schwerfiel. Aber es ging ja um Claudia und wenn sie es nicht wollte, dann sollte es nicht sein.

Eine Weile lang mussten wir im Krankenhaus warten. Als sie dann endlich untersucht wurde, stellten die Ärzte einen Oberschenkelhalsbruch fest. Ich blieb bis zum frühen Morgen bei ihr im Krankenhaus, bis ich dann mit dem Taxi nach Hause fuhr, um da noch das ganze Chaos aufzuräumen, das die Sanitäter beim Hereinpoltern verursacht hatten. Erst gegen Vormittag konnte ich mich ein wenig hinlegen, aber schlafen konnte ich nicht. Ich war viel zu aufgewühlt. Später fuhr ich noch mal zu ihr in das Klinikum, um zu sehen, wie es ihr geht. Die Ärzte sagten, sie müsste längere Zeit erst mal im Klinikum bleiben und später zur Reha, um wieder laufen zu lernen.

Jetzt begann eine Zeit, die immer schwieriger für uns werden sollte, mit viel Leid und Schmerz – für uns beide.

Als Claudia aus dem Klinikum Hanau entlassen wurde, wurde sie gleich mit einem Krankenwagen in die Reha Klinik nach Bad Orb gebracht, wo sie wieder laufen lernen musste und dazu Kraft bekommen sollte. Ich besuchte sie, so oft ich konnte. Eine russische Pflegerin sagte einmal zu Claudia, sie müsste nur mal schwanger werden, dann würde sie von alleine wieder gesund.

Ja, wenn das alles so leicht wäre. Claudia saß im Rollstuhl und machte ihre Übungen. Wir fuhren oft durch den Park. Nach und nach wurde es etwas besser und sie konnte wieder langsam allein laufen, aber leider nicht mehr so gut und sicher wie vorher.

Ich musste mich mehr und mehr um Claudia kümmern und wurde ihr Betreuer und Pfleger. Gleichzeitig kümmerte ich mich noch um meine Schwiegermutter Maria. Das war viel Arbeit, weshalb ich immer weniger Zeit für meine Firma hatte, aber die Familie und liebste Person im Leben hatten Vorrang. Das war das Wichtigste für mich, sodass es selbstverständlich für mich war, dass ich diesen Weg ging.

Nach einem Jahr gab es einen erneuten Zwischenfall. Ich kam gerade vom Fotoshooting nach Hause, da hörte ich Claudia aus dem Bad rufen. Sie war wieder gestürzt und fiel mit dem Rücken gegen die Badewanne. Dabei brach sie sich drei Rippen komplett, weitere drei waren angebrochen. Wieder mal ging es mit dem Krankenwagen in das Hanauer Klinikum. Dieses Mal ohne Probleme. Als sie aus dem Krankenhaus zurückkam, konnte sie nach den vielen Brüchen und ihrer Krankheit nicht mehr alleine laufen. Ich war der Einzige, der mit ihr Hand in Hand rückwärts laufen konnte, ohne zu stolpern oder wo gegen zu laufen. Selbst die Pfleger konnten das nicht so gut. Wir hatten uns der Situation gut angepasst und unsere eigene Technik beim Aufstehen und Setzen entwickelt.

Es wurden Kurse für pflegende Angehörige angeboten, in denen man abends zwei bis drei Stunden lang lernt, wie man den Partner richtig unterstützt. Es war nur etwas ungünstig, dass der dann in dieser Zeit alleine zu Hause bleiben musste. Das Risiko wollte ich nicht eingehen. Claudia könnte wieder stürzen.

2006 – wieder ein Geburtstag mit schlechten Nachrichten

2006, am Geburtstag meiner Mutter, rief sie mich schon früh an und ich dachte noch, warum ruft sie mich an, sie hat doch heute Geburtstag. Da sagt sie mir mit zittriger Stimme: »Komm mal schnell, Papa rührt sich nicht mehr«.

Ich fuhr ganz schnell zu ihr rüber und rief sofort den Krankenwagen, aber als wir alle da waren, war es schon zu spät. Mein Vater war gestorben. Ich rief meine Schwester Erika an, danach den Bestatter. Schon wieder Geburtstag und Todestag in einem. Mein Vater ist auch nur ein Jahr älter als mein Schwiegervater geworden und mit knapp 73 gestorben. Ich blieb noch, bis alles erledigt war, danach rief ich kurz Claudia an und erzählte ihr, was geschehen war. Ich trauerte noch einige Zeit mit Erika und meiner Mutter, aber dann musste ich wieder zu Claudia zurück. Ich hatte Angst, sie könnte vor lauter Aufregung wieder stürzen, den sie konnte ja nicht mehr alleine laufen.

Im gleichen Jahr ist auch Schlacker mit erst 47 Jahren verstorben. Das habe ich leider erst im Jahr darauf auf dem Rochusmarkt von einem Nachbarn bei meiner Mutter erfahren. Später erfuhr ich noch von Schlackers Schwester Gaby, dass seine Beerdigung noch größer gewesen sei wie die von Alex damals. Es kamen alle, die ihn kannten, all seine Bikerfreunde aus ganz Deutschland und sogar aus Italien, sodass die ganzen umliegenden Straßen mit Bikes und Autos zugeparkt waren.

Kurios war, dass scheinbar niemand wusste, woher Schlacker eigentlich seinen Spitznamen hatte, nicht mal der engste Familienkreis. Ich hatte Schlacker damals mal danach gefragt und er sagte mir selbst, der stamme noch aus der Zeit, wo er in der Marienhütte in Großauheim als Schlackerer oder Endschlackerer arbeitete. Daher hieß er Schlacker!

Etwas Gutes gab es 2006 dann doch noch, das sogenannte Sommermärchen der Fußballweltmeisterschaft im eigenen Lande.

Auf der Suche nach einem neuen Heim

Inzwischen war das Omahaus wieder sehr renovierungs-
bedürftig, aber da das Haus sehr klein war, gab es keine
Möglichkeit Claudia in dieser Zeit in einen anderen Raum
unterzubringen. Betreuung und Renovierung gleichzeitig
– das wäre auch zu viel gewesen. So blieb nur die Möglichkeit, sich nach was anderem, schon Renovierten, um
zu schauen.

Ich suchte intensiv im Internet nach etwas Passendem,
aber es war alles sehr teuer und nicht machbar. Schaute
ich zuerst nur in den Städten, schaute ich nun weiter ins
Ländliche und fand in der Bayrischen Rhön etwas, das
fast machbar gewesen wäre. Es war viel günstiger als in
den anderen Regionen und ich habe es auch noch um ein
Viertel runtergehandelt. Es fehlten aber noch ein paar
Tausend Euro, die wir nicht gleich hatten. In der Zwischenzeit kaufte es schon ein Amerikaner. Im Nachhinein
denke ich, dass es vielleicht auch besser so war, denn es
musste dort auch noch viel gemacht werden, mehr als sie
zuerst sagten und es lag sehr abgelegen. Anderseits wäre
es schon ein Schnäpschen gewesen. Es wäre ein Traum
gewesen, über 9 Hektar Land mit Pferdekoppel, Pferde-
kutsche, Mähtraktor, einer alten, originalen Kanone, mit
separat gelegener Partyhütte und weiteren Nebengebäu-
den. Ein komplett möbliertes Haus mit Perserteppichen

und Weiterem. Das hatte ich im Preis schon alles mit heraus gehandelt. Es gehörte vorher einem verstorbenen Kapitän, seine Verwandten wohnten weiter weg und wollten es unbedingt verkaufen, aber letztlich es war auch sehr groß und für mich alleine mit der kranken Claudia nur schwer machbar.

Ich suchte also weiter und hatte Erfolg! Ein frisch renoviertes Haus in Külsheim bei Wertheim. Wir fuhren dort hin und verliebten uns sofort in das Haus. Das nehmen wir! Ich verhandelte noch mit den Besitzern, bis der Preis endlich stimmte. (Übrigens – ein paar Jahre später wurde der Vorbesitzer, Thomas S., auch Bürgermeister dieser Stadt!)

In der Zeit, wo mir das Haus in der Rhön anschauten, das ja das große Grundstück hatte und der Vorbesitzer deswegen und wegen der Abgelegenheit einen Hund hatte, seit da haben wir überlegt, uns einen Hund anzuschaffen. Auch aus therapeutischer Sicht für Claudia wäre das sicher nicht verkehrt. Das sagte uns auch der Arzt. Ich recherchierte online, welche Hunderasse am besten passen würde. Wir entschieden uns für einen Parson Russel Terrier. Ich hatte auch schon eine passende Züchterin bei Groß Gerau gefunden Wir besuchten die kleinen süßen Knuddel-Welpen so oft wir konnten und wir entschieden uns für Knox, einen kleinen frechen Trikolorerüden. Wir holten ihn ab, als er 10 Wochen alt war. Zu dieser Zeit, im November 2006, zogen wir nach Külsheim im Taubertal. Es ist eine sehr schön gelegene, kleine Stadt und wird Stadt der Brunnen genannt, weil es hier 18 Stück – davon zum Teil historische – gibt. Die Verwaltung der Stadt sitzt oben im schönen Schloss. Die Einkaufsmöglichkeiten waren ideal, sogar besser als in Hanau und Aschaffenburg. Dort mussten wir immer alles mit dem Auto besorgen. Hier braucht man das nur selten. Alles passte hier sehr gut zusammen – in unserer neuen

Heimat, Külsheim. Und das Lustige und Schöne zugleich war, dass es, aus dem Fenster gesehen, Ähnlichkeiten mit Aschaffenburg gab, und zwar gerade andersherum. Von hinten sieht man das Schloss und vor dem Haus fließt der Armorsbach.

Kurz vor Weihnachten hatten wir unseren kleinen Knox. Nun hatten wir unser erstes eigenes Haus und unser erstes Baby – ich meine natürlich Knox, das Hundebaby –, das auch erst mal erzogen werden wollte. Ich besorgte mir viele Bücher und Videofilme über die Erziehung von Welpen, da das auch Neuland für mich war. Claudia hatte ja schon mal ein Hund gehabt. Der aber bleib nach dem Auszug aus dem elterlichen Haus bei ihren Eltern.

Zur Adventszeit bellte auf einmal der kleine Knox. Claudia und ich gingen gerade Hand in Hand rückwärts durch den Flur, da sah ich im Flur Spiegel, dass im Esszimmer eine kleine Stichflamme loderte Ich reagierte spontan und lief schnell in das Esszimmer, um den Adventskranz zu löschen, und kam gleich wieder zu Claudia zurück, da saß sie aber schon im Flur am Boden. Ich fragte sie noch: »Bist du hingefallen?« Sie sagte, es sei alles in Ordnung. Ich wollte schon unseren neuen Hausarzt Doktor, Franz M., anrufen, aber Claudia meinte, er komme ja schon morgen zum Hausbesuch. Zum Glück war nichts weiter geschehen. Das hat mir einen ordentlichen Schrecken verpasst. Ein brennender Adventskranz, ein bellender Hund und Claudia auf dem Boden. Aber es ging ja noch mal alles gut aus.

Immer Ärger mit den Behörden

Im neuen Haus hatten wir nun endlich die Möglichkeit, einen Treppenlift einzubauen. In der ersten Zeit mussten wir wieder unten auf unserem Schlafsofa übernachten. Knox hatte daneben eine große Hundebox mit einem Hundebett darin.

Claudias Krankenkasse hatte eine Zuzahlung für den Treppenlift zugesagt. Da die Treppe nach oben einen Knick macht, kostete der Einbau stolze 12.000 Euro. Die Kasse sagte uns 10% Beteiligung zu. Als der Lift schon eingebaut war, sagte die Kasse auf einmal, es sollte doch lieber ein Lift eingebaut werden, mit dem man auch den Rollstuhl gleich nach oben befördern könnte, da das mehr Sinn machen würde – wie bei Dr. Dressler in der Lindenstraße. Sie wollten also nicht zahlen. Darauf rief ich bei der Kasse an und sagte, dass der Lift nach ihrer Zusage schon eingebaut ist. Niemand hatte uns vorher darauf hingewiesen. Nach einigem Hin und Her haben sie dann doch noch die 10% gezahlt – mit einem Jahr Verspätung. Leute, die darauf angewiesen wären und mit der sofortigen Zahlung der Kasse gerechnet hätten, würden in solchen Fällen ein Problem bekommen.

Gut, dass wir den Treppenlift jetzt hatten, denn Claudias Kräfte schwanden nach und nach immer mehr. Es fiel ihr alles schwerer. Das Aufstehen aus Bett und vom

Sofa konnte sie noch alleine bewältigen und sonst auch gerade noch Essen und alleine Trinken, aber dazu musste ich ihr die Getränke in das Glas geben und das Essen vorschneiden. Sie hatte mit immer mehr Einschränkungen zu kämpfen. Ihr war es etwas unangenehm, dass ich so viel für sie tat und dadurch fast keine Zeit mehr für die Firma hatte. Ich sagte, dass es mir egal wäre. Ich bin für sie da! Egal, wie lang sie mich braucht. Ich sagte ihr, sie solle sich nicht den Kopf darüber zerbrechen. Es ist eben so. wie es ist. »Eins nach dem anderem, immer das Wichtigste zuerst und das bist du für mich!«, sagte ich ihr. Das freute sie sehr und beruhigte sie wieder.

Auch wenn Bekannte und Verwandte für sie anriefen, wollte sie fast gar nicht mehr an das Telefon, weil sie einfach keine Kraft mehr dazu hatte, und wenn sie dann mal den Hörer nahm, gab sie ihn mir nach wenigen Minuten wieder zurück, sodass ich mit den Leuten weiterreden musste. Die meisten redeten einfach weiter, denn sie dachten, Claudia wäre noch am Hörer, bis ich anfing zu sprechen. »Huch, wo ist denn Claudia geblieben? Ich dachte, sie wäre noch dran!«, tönte es dann häufig aus dem Hörer zurück. Es war manchmal schwierig, den Leuten zu erklären, dass es nicht daran lag, dass Claudia keine Lust zum Telefonieren hatte, sondern daran, dass sie einfach keine Kraft für ein langes Telefonat hatte. Ich hatte den Eindruck, nur die Wenigsten hatten dafür Verständnis. Ähnlich war es auf der Straße. Ich wurde immer wieder angesprochen. »Man sieht ja Ihre Frau fast gar nicht mehr! Ihr müsst mal mehr raus an die frische Luft, das ist doch gut für sie!« Ja, schön und gut, sie meinten es wahrscheinlich meistens nur gut, aber wollten es auch immer besser wissen. Jeder schien zu wissen, was für Claudia das Beste ist! Dabei hatten sie doch alle keine Ahnung! Was ihr wirklich gut und nicht gut tut, das weiß nur sie am besten, eventuell noch ich und ihr Arzt, sonst keiner. Wenn wir nur die Straße zum Frisör oder Zahnarzt mit dem Rollstuhl runterfuhren, bis wir wieder zu Hause waren, hatte sie schon keine Kraft mehr und ich musste sie den restlichen Tag meist tragen, so fertig war sie.

Das Drama mit Zeljko

Beim Gassi gehen mit Knox kam ich meistens bei Zeljko L. am Haus vorbei. Er saß fast immer draußen auf einen Campingstuhl und Knox blieb immer bei ihm stehen, weil er einen alten Tennisball dort liegen hatte. So kamen wir öfters mal ins Gespräch und er erzählte mir, er wäre nur hier in Külsheim, um eine Statistik zu erheben, und wohne eigentlich mit Frau und Kindern, die er sehr vermisse, in Stuttgart.

Doch später hörte ich, dass er eigentlich aus Külsheim käme und nie von dort weg war. Er hatte auch keine Familie. Das bekam ich später alles heraus, weil er das Haus, in den er wohnte, seinem Halbbruder aus Frankfurt a. M. gehörte. Der wollte ihn nicht mehr dort haben. So kam eines Tages ein Räumungskommando bei ihm vorbei – mit Stadtangestellten und der Polizei. Als die alle vor seiner Tür standen, sagte er: »Moment, ich muss nur kurz meine Unterlagen holen«, und ging hinein. Dann gab es einen Knall. Er hatte sich erschossen. Selbst die Bild-Zeitung hat darüber berichtet. Ja, armer Zeljko, er lebte in seiner selbst erlogenen Welt, aus der er allein nicht mehr rauskam. Wahrscheinlich hat er zum Schluss selbst alles geglaubt und gemerkt, dass das nicht mehr zu ändern war, obwohl ich hörte, dass er wohl ziemlich schlau war. Sein jetziges Leben führte in eine Sackgasse, aus der er keinen Ausweg mehr sah. Es ist egal, wie klug du bist, wenn dein Kopf dir Streiche spielt und du bist ganz alleine auf dieser Welt, dann kann es jedem passieren – dass man durchdreht. Leider werden Menschen immer mal links liegen gelassen und von anderen gemieden. Und das Schicksal nimmt seinen Lauf.

Neue Möbel

Wir hatten nun endlich ein neues Ehebett von der Firma Pahl aus Külsheim im Schlafzimmer im ersten Stock des Hauses. Der Chef schraubte es persönlich zusammen. Zudem sollte bald unsere italienische Designer-Sitzgarnitur geliefert werden, die ich online ersteigert hatte. Dazu musste aber noch das riesige Schlafsofa vom Wohnzimmer in den ersten Stock die enge Treppe hinauf gebracht werden. Das würde ich wohl nicht alleine packen, dazu brauchte ich noch einen zweiten Mann. Ich fragte beim Nachbarn, Alfons G., der mit seinem Schwager rüberkam. Sie trugen und zerrten das Sofa nach oben in das ehemalige Musikzimmer, das später unserem zweiten Hund Snoopy gehören sollte. Ja jeder Hund hat ein eigenes Zimmer. Dr. Franz hatte schon mal gesagt, denen geht es besser als so manchem Kind.

So jetzt hatten wir aber unten kein Sofa mehr, also hofften wir, dass das neue wirklich am nächsten Tag angeliefert würde. Zum Glück kam der LKW am nächsten Morgen. Der Fahrer war allein, was mich wunderte. Er meinte, es stehe nur Auslieferung auf seinen Papieren, was bedeutet, dass die Ware bis vor die Tür gebracht wird, leider ohne Aufbauen. Da die Teile sehr schwer waren, konnte ich ihn zumindest überreden, mir beim Hereintragen zu helfen. Wir stellten es so ins Wohnzimmer, wie es zusammengehörte. Ich machte mich an den Aufbau, aber das Mittelteil in der Ecke des L-Form-Sofas musste gleichzeitig von oben in die Ösen eingeführt werden. Ei, wie soll denn das gehen? Dafür bräuchte ich mindestens vier bis sechs Hände. Zum Glück kamen gerade Andy S. und Marco F. auf ihrer Tour mit unserer Bestellung an Getränken vorbei. Ich fragte die Jungs, ob sie nicht so nett sein könnten, und mir da mal zu helfen. Sie sagten sofort zu und ruck zuck hatten wir sechs Hände und die Teile zusammen. Danke Jungs! Nun hatten wir endlich alles dort stehen und aufgebaut, wo es auch hingehörte.

Da Claudia immer weniger Kraft hatte, wollten wir zum zweiten Mal den MDK um eine Überprüfung der Pflegestufe beten, die sie schon ein Mal in Großauheim abgesagt hatten. Die Überprüfung war leider erfolglos. Sie bekam wieder keine Pflegestufe zwei. So behielt sie als schwer kranke Frau nur Pflegestufe eins. Claudia gab sich leider meistens auch zu positiv, wenn der Prüfer kam und sagte, immer wenn er fragte, wie es ihr gehe, »Ja, mir geht es gut mit meinem Mann«, aber dass sie alleine fast nichts mehr außer dem Besagten machen konnte, das sah keiner und bewertete dies nicht. Die meisten anderen Pfleger und Ärzte sagten sogar, sie müsste mindestens Pflegestufe zwei bekommen!

Unser zweites Hundebaby: Snoopy

Knox war jetzt schon fast vier Monate bei uns und wir freuten uns über jeden Tag mit ihm. Er war fast ein halbes Jahr alt, da sagte Claudia, »Ach der Arme, der braucht noch einen zum Spielen und Rumtollen«. Ich hatte schon damals ein Gedanke, als wir fast das Haus in der Rhön gekauft hätten, eventuell eine Zucht aufzubauen. Der Vater von Knox war nämlich ein Reinrassiger aus England, der zahlreiche Preise gewonnen hatte. Aus dem Internet erfuhr ich, dass er eine Halbschwester hatte, die auch schon mal im Fernsehen zu sehen war. Ihre Besitzerin, Anja Lukaseder, ist Musikmanagerin und war in der Jury einer der ersten DSDS-Sendungen. In der Staffel 4 und 5 in den Jahren 2007 & 2008 war sie dabei und saß neben Dieter Bohlen. Aber jetzt hier in Külsheim hatten wir nicht so viel Platz, wie wir in der Rhön gehabt hätten. Zudem war ich eigentlich nicht der Typ für eine Hundezucht.

Ich suchte wieder im Internet nach Welpen, da sah ich, dass die Züchterin von Knox einen neuen Wurf hatte, den L-Wurf und dort sah ich einen kleinen Bruder von Knox, er hieß Lennox. Das würde ja passen, aber die Züchterin hatte diesen schon versprochen, sodass dies leider nicht ging. Das war sehr schade. So suchte ich weiter und fand eine Jack-Russel-Hündin aus Wertheim. Ihre russische Züchterin kam mit ihr bei uns vorbei, aber

Knox interessierte sich gar nicht für sie, so ließen wir es mit ihr sein und nahmen sie nicht. Danach fand ich einen kleinen süßen Westi im Netz. Der Zwischenhändler brachte ihn uns aus Mömbris vorbei und Knox mochte Snoopy gleich auf Anhieb! Sie verstanden sich super, spielten und tollten den ganzen Tag herum, und Knox, der mindestens dreimal so groß war wie der acht Wochen alte Snoopy, wollte seinen kleinen Bruder immer beschützen, sodass ich auch bei Snoopys Erziehung meine liebe Mühe hatte, da mir Knox ständig dazwischenfuhr.

Und dann war da natürlich noch mein drittes Kind, Claudia, wie sie sich selbst nannte. Dass das doch mindestens ein Hund zu viel war, merkte ich schon bald, aber nun waren wir alle zusammen und keiner wollte das zerreißen. Es war sehr schwierig, aber da musste ich jetzt durch und damit fertig werden. Das zeigte mir allerdings manchmal meine Grenzen auf. Teilweise wusste ich nicht weiter, aber es musste einfach weiter gehen, wie auch immer, immer weiter wie ein Roboter. Ich dachte nicht daran, aufzugeben, denn ich war der Motor dieser kleinen Familie und sie waren alle drei auf mich an gewiesen. Das gab mir die Kraft, um weiterzumachen, obwohl ich sie zwischendurch eigentlich gar nicht mehr hatte.

Unser Hausarzt Dr. Franz half uns privat, Claudias Mutter einmal zu uns nach Külsheim zu holen. Sie blieb ein paar Tage bei uns. Wir saßen im Sommer auf der Terrasse und spielten mit den Hunden. Sie übernachtete im Erdgeschoss und Maria fand unsere Gegend und unser Haus sehr schön. Sie freute sich, mal eine Weile bei uns zu verbringen, denn sie kam ja auch fast nie aus ihrem Haus, weil sie alleine nicht mehr gut laufen konnte und sich auf Krücken fortbewegen musste. Noch im gleichen Jahr holte ich auch mal meine Mutter zu uns. Sie wohnte ja auch ganz alleine in ihrer Wohnung. Ihr gefiel es ebenfalls so gut, dass sie uns kurze Zeit später gleich noch mal besuchte.

Claudias Schwächeanfall 2008

Claudia ging es immer schlechter. Sie hatte auf ein Mal so wenig Kraft, dass sie immer wieder nach hinten ins Bett zurückfiel, nachdem ich sie aufrichtete. Ich musste Dr. Franz anrufen, der dann auch später vorbeikam und meinte, sie müsste zur Beobachtung ins Krankenhaus eingewiesen werden. Er rief gleich einen Krankenwagen. Die Pfleger vor Ort kamen mit der Situation nicht zurecht. Sie wollten Claudia mit einer Barre durch die zu eng geglaubte Treppe heruntertragen. Als das nicht ging, versuchten sie es mit dem Treppenlift, wussten aber nicht recht, wie sie es anstellen sollten und fragten dann mich um Rat, wie ich das denn immer machen würde. Ich trug Claudia zum Treppenlift, machte sie mit dem Gurt fest und fuhr sie runter. Nein, ich brauchte keinen Kurs, um zu lernen, wie man Menschen richtig pflegt und bewegt!

Ich fuhr wie immer gleich mit ins Krankenhaus, dieses Mal nach Wertheim. Ich blieb bei ihr, bis sie ein Zimmer hatte, was wie immer ewig dauerte, weil so viel los war. Anschließend setzte ich mich noch zwei Stunden an ihr Bett, hielt ihre Hand und wir unterhielten uns ein wenig. Zum Glück war sie wieder einigermaßen ansprechbar und sagte, ich solle mich auch zu Hause erst mal ein wenig ausruhen und nach den zwei kleinen Hundis schauen, die bestimmt schon auf mich warten, und morgen bei ihr wieder vorbeischauen. Ich lies sie schweren Herzens im Krankenhaus. Als ich zu Hause ankam, hüpften sie mich so heftig an, dass ich bald umfiel. Sie schafften es wirklich, mich zu trösten. Am nächsten Tag besuchte ich Claudia wieder. Es ging ihr schon ein wenig besser, sodass ich mich schon fast normal mit ihr unterhalten konnte.

Die Ärzte diagnostizierten einen krankheitsbedingten Schwächeanfall. Ich besuchte sie jeden Tag, denn sie musste fast eine Woche dort beobachtet werden, bis sie wieder nach Hause durfte. Als ich sie wieder nach Hause holte, freuten die Hunde sich sehr, sie wieder zuhaben – und Claudia sie!

Claudia hatte die Krankenhäuser satt. Sie bat mich, mit Dr. Franz zu sprechen und ihm mitzuteilen, dass wenn es nicht unbedingt notwendig war, in die Klinik zu fahren, sie gern zu Hause bleiben möchte. Es hat sie physisch und von der Kraft her so mitgenommen, dass sie das nicht mehr mitmachen wollte. Dr. Franz sagte, wenn es vermeidbar ist, schaue er regelmäßig nach ihr. Mich nahm es – nebenbei ehrlich gesagt – auch immer sehr mit, wenn Claudia aus dem Hause war. Dann waren ich und die Hunde immer sehr aufgedreht und zappelig, weil wir nicht wussten, was jetzt mit Claudia ist. Die beiden Hunde konnten das spüren.

Eine neue Wahl

In der Gaststätte »Adler« in Külsheim wurde ich von der Frau des hier ansässigen CDU-Vorsitzenden angesprochen, ob ich nicht Interesse hätte, auf ihrer Wahlliste für die Stadtratswahl 2009 zu kandidieren. Sie gab mir die Visitenkarte ihres Mannes und ich sagte nur »Mal schauen«.

Ich wollte es eigentlich nicht mehr machen. Den ganzen Stress wie bei der Oberbürgermeisterwahl 2003 konnte ich mir nicht noch einmal vorstellen, und Claudia wollte auch nicht, dass ich immer so lange von ihr fort bin. Aber nach einer Zeit des Überlegens dachte ich mir, dass es doch gar nicht so schlecht wäre, auch hier in Külsheim ein wenig bekannter zu werden. Wir waren ja erst etwas über zwei Jahre hier und die Leute aus den umliegenden Ortschaften von Külsheim kannten mich so gut wie gar nicht. Meine bisherigen Bekanntschaften beschränkten sich auf die paar Leute hier in Külsheim, die ich so beim Gassi gehen und Einkaufen kennengelernt hatte.

Ich rief die Telefonnummer auf der Visitenkarte an und machte einen Termin aus. Wir verstanden uns ganz gut und ich sagte, dass ich noch mal drüber schlafen wolle. Dann rief ich an und sagte zu! So war ich mit auf der CDU-Liste bei der Stadt- und Gemeinderatswahl 2009 in Külsheim, aber ohne Mitglied zu sein.

Es waren teilweise anstrengende Termine zur Vorstellung als Kandidat und besonders den in Hundheim werde ich nie vergessen. Unsere reservierten Plätze für die Kandidaten wurden nicht freigehalten und wir mussten uns wie die Hühner auf der Stange mitten im Raum auf eine Bierbank setzen. Wir sind wie Außerirdische begutachtet worden! Das war mir und noch einem Kandidaten von uns einfach zu blöde, so präsentiert zu werden und wir lehnten uns stattdessen am Türrahmen an. Hätte ich an diesem Abend mein eigenes Auto dabei gehabt, wäre ich da nach Hause gefahren.

Alle Kandidaten hatten sich für ihre Präsentation einen Zettel geschrieben – außer ich mir. Darauf sprach mich unser Kandidat Donovan W. an und fragte mich: »Machst du dein Programm aus dem Kopf!?«

»Ja, aus dem Kopf und Bauch, je nach Befinden und Situation. Das habe ich mir bei meiner Live-Comedy beigebracht«, antwortete ich. (Donovan ist heute auch mein Webmaster für das **www.sisei-magazine.de**.)

Letztendlich wurde ich leider durch meinen geringen Bekanntheitsgrad nicht mit in den Stadtrat gewählt, aber für meinen Namen und für die Firma hatte es wieder was gebracht.

Als ich von meinem Fotoshooting vom Frühjahrsmarkt in Külsheim zurückkam, lag Claudia vor dem Sofa auf der Erde und es war alles rot verspritzt! Ich dachte schon, es wäre alles Blut, aber sie wollte was Trinken und ihr ist das Glas mit Johannisbeersaft entglitten und runtergefallen. Sie hatte keine Kraft, es hochzuheben, konnte sich nicht abstützen und fiel nach vorne über. Sie streifte mit ihrem Kopf die Glastischkante. Zum Glück ist der Glastisch nicht zerbrochen! Nur das Trinkglas ging zu Bruch. Ich setzte sie wieder auf und brachte ihr ein kalten, feuchten Waschlappen, damit ich ihre Wunde am Kopf versorgen konnte. Ich hatte aber in diesem Moment solch eine Panik, dass ich lieber noch einmal einen Fachmann darüber schauen ließ, denn es war mal wieder Wochenende – so wie immer, wenn so was passiert!

Ich sagte ihr, sie solle sitzen oder liegen bleiben, ich schaue mal auf dem Markt, da sind manchmal Sanitäter vor Ort. Aber ich verwechselte das vor lauter Aufregung mit dem großen Markt. Zum Glück aber fand ich dort Marco F., der unter anderem auch bei der Feuerwehr ist und Sanitäterkenntnisse hat. Er kam auch gleich mit, um sich Claudia mal anzuschauen. Er beruhigte uns beide, das mit dem Waschlappen war schon gut und die kleine Wunde hatte auch auf gehört zu bluten. Auch Dr. Franz schaute später noch mal und sagte, es wäre alles in Ordnung.

Aber wir hatten jetzt immer mehr Nächte, wo wir nicht mehr durchschlafen konnten und es zu Nachteinsätzen kam, weil es ihr immer schlechter ging. Ab sofort hatte ich 24-Stunden-Bereitschaftsdienst für Claudia. Dass das meinem Körper und meinem Geist auf Dauer nicht guttat, bekam ich bald zu spüren, denn auch mir ging es immer schlechter, nervlich und körperlich –nebenbei, mit Maria wurde es auch immer schwieriger. Es war mehr Arbeit für mich, was mich sehr belastete. Es war aber nicht die Pflege an sich, sondern immer öfter besonders das Rundherum und die ganzen Diskussionen mit Behörden und Gesellschaften – ganz besonders die unnötigen Diskussionen und Ärger mit einem Teil ihrer Familie. Die bekamen nichts auf die Reihe, sodass ich dadurch zwei bis drei Mal so viel Arbeit hatte, wie eigentlich dafür nötig gewesen wäre. In solch einer Situation hilft dir kein Mensch, da bist du alleine auf dich angewiesen, leider.

Die Fußball-WM 2010

Bei der Fußball Weltmeisterschaft 2010 in Südafrika ging der Stern des Thomas Müller auf, der spätestens dort unser Lieblingsfußballer wurde. Nicht nur, weil er Torschützenkönig der WM mit 5 Toren wurde und noch als bester Nachwuchsspieler ausgezeichnet wurde, sondern weil er gleich zwei Idole unserer Kindheit vereinte. Zum einen nämlich Gerd Müller, von dem er auch in Bayerns zweiter Mannschaft trainiert wurde. Mit ihm machte er Werbung für Müller-Milch und beide hatten die DFB-Nummer 13 auf dem Rücken. Zudem erinnerten seine Tore und sein Stil enorm an Gerdi. Und er so ein zweiter Komiker wie Sepp Maier ist, also beide Personen in sich vereint.

Besonders die beiden Spiele gegen England (4:1) und Argentinien (4:0) werden noch lange in Erinnerung bleiben. Dann gab es noch das legendäre Interview von Diego Maradona als Trainer, der Argentinier, der meinte: »Wer ist das? Thomas Müller? Kenn ich nicht!« Daraufhin hat Müller die Argentinier abgeschossen und gleich in der 3. Minute ein Tor erzielt. Nun wusste Maradona, wer Thomas Müller ist. Das hat er nun davon.

Letzt endlich haben wir zwar auch nur wieder den 3. Platz wie in der Heim-WM 2006 belegt, aber diese WM bleibt vielen mehr in Erinnerung als die 2006er, die nur von der Stimmung her super war.

Es war nicht zur WM, es war weit danach, da hatte Claudia wieder keine Kraft und konnte sich nicht aufrichten, und dieses Mal, weil sie ja nicht mehr unbedingt gleich in ein Krankenhaus wollte, behandelte Dr. Franz sie zu Hause. Er hängte eine Transfusion an die Wand und Claudia konnte daheim in ihrem Bett wieder genesen. Sie bekam auch eine höhere Dosis ihres Kortisons, sodass sie wieder zu Kräften kam. Das ging aber leider nur sehr schleppend voran. Immer wieder hatte sie Schwächeanfälle und Schwindelgefühle, konnte sich immer schlechter bewegen und nur noch wenig reden, sodass die Zeit für uns immer schwieriger wurde. Aber wir machten trotzdem das Beste daraus, weil wir uns liebten und immer für einander da sein wollten. Das sagten wir uns beide immer wieder und unsere Liebe wurde durch unsere Lage eher immer intensiver. Wir waren uns gegenseitig das Liebste auf der Welt, und wir dachten, uns könnte nichts trennen!

Harte Tiefschläge

2011 Wohnten wir fast schon 5 Jahre in Külsheim, aber leider kam keiner unserer alten Freunde, und auch sonst keiner, bei uns vorbei, um uns mal zu besuchen. Das wäre besonders für Claudia mal schön gewesen. Außer Ralf K. und Dr. Franz M., die öfter mal vorbei kamen, und – auch nebenbei – mir mal mit am Haus geholfen hatten, kam keiner. Manche riefen ab und zu mal an oder schrieben E-Mails, aber Külsheim war ihnen wahrscheinlich zu weit, Luftlinie zirka 100 Kilometer. Na ja, so ist das Leben halt, dachten wir uns.

2012 wurde wieder ein negatives Jahr. Es fing gleich mit zwei Sterbefällen an. Zuerst – nach über einem Jahr schwerer Krankheit – verstarb Reiner, der Mann meiner Schwester Erika, an Krebs mit erst 57 Jahren.

Und kurz nach ihrem 80. Geburtstag starb auch noch Claudias Mutter Maria, für die ich bis zu ihrem Tode notarieller Betreuer war. Es fing alles ganz harmlos bei ihr an. In ihrem Haus rutschte sie ganz normal vom Fernsehsessel auf den Hosenboden. Daraufhin rief mich die Betreuerin vor Ort an und fragte mich, was sie den jetzt machen sollte. Ich sagte dazu, dass sie es vor Ort doch besser entscheiden könne, wie die Lage sei, und dementsprechend auch handeln solle. Sie rief aber gleich die Notfallnummer an und ließ sie ins Krankenhaus überführen, anstatt erst mal den Hausarzt zu benachrichtigen.

Im Krankenhaus Seligenstadt fing das Drama erst so richtig an, denn der Pfleger hielt sie beim Toilettengang nicht richtig fest. Sie entglitt ihm auf dem Boden, wobei sie sich einen Fußbruch zuzog. Da dieser in ihrem Alter und bei ihrem Gesundheitszustand sehr lange benötigen würde, um zu heilen, wurde der Vorschlag gemacht, dass sie zwischendurch – bis sie wieder nachhause könnte – erst mal in einem Pflegeheim untergebracht werden sollte. Das hatte ich eigentlich die ganzen Jahre zu verhindern versucht. Ich wollte nicht, dass man sie da reinsteckt. Denn, wenn man erst einmal da drin ist, kommt man da nur schwer wieder raus. Aber in diesem Falle ging es leider nicht anders, als es so zu handhaben.

Zuerst sagte man vom Krankenhaus her, dass sie die ganze Zeit bis zur Heilung dann doch bei ihnen verbringen könne und ich sagte dem Pflegeheim in Steinheim wieder ab. Das war eigentlich sehr schade, denn da hätte sie ein sehr begehrtes Einzelzimmer bekommen, auf das man sonst ziemlich lange warten muss. Aber einen Tag später rief mich das Krankenhaus wieder an und meinte, sie müsste doch erst mal in ein Pflegeheim. Ich rief dort gleich an, aber natürlich war das schöne Zimmer schon vergeben. Zum Glück hatten sie noch ein Zweibettzimmer frei und sie konnte dort einziehen, aber sie musste zur Beobachtung alle paar Tage wieder mal rüber in das Seligenstädter Krankenhaus, um ihren Fuß versorgen zu lassen. Hinzu kam, dass ihr eine Zyste entfernt werden sollte. Das war aber nur im Klinikum in Hanau möglich. Als sie deshalb in Hanau stationär aufgenommen wurde, lief der Vertrag mit dem Steinheimer Haus aus, da dieser nur befristet war. Alle meinten, danach könne sie ja wieso wieder nach Hause, aber nach der OP im Klinikum Hanau meinten sie, sie müsse doch wieder erst mal in ein

Pflegeheim. Der Platz im Steinheim war natürlich schon längst wieder vergeben, so musste ich in der Schnelle ein neues Pflegeheim finden. Ich fand zum Glück eines, auch wenn es stundenlange Telefonate dazu gebraucht hatte. Ich fand einen Platz für sie in Großkrotzenburg, wo sie unterkommen konnte. Da ich nicht wegen der immer kränkeren Claudia zu Maria konnte, besuchte Erika sie öfters und brachte ihr auch das Nötigste vorbei.

Maria verbrachte ein paar Monate in Großkrotzenburg und ihr gefiel es dort auch so gut, dass sie da bleiben wollte – zu mindestens für eine Weile, um eventuell doch noch mal nach Hause zu gehen.

Aber das erlebte sie leider nicht mehr, denn sie wurde auf ein Mal ganz schwach und wurde wieder in das Klinikum Hanau eingeliefert, wo sie nach einer Weile an innerem Organversagen verstarb. Ich hatte vorher noch Claudias Schwester angerufen, dass sie doch bitte noch mal zu Maria fahren solle. Claudias Nichte war so lieb und rief uns noch mal mit ihrem Handy an, sodass Claudia und ich noch mal mit Maria Sprechen konnten. Das hatten wir beide Bianka sehr hoch angerechnet – diesen lieben Zug von ihr. Claudia konnte vor lauter Tränen nicht mehr mit Maria telefonieren und übergab mir den Hörer. Am gleichen Abend ist Maria verstorben. Das Krankenhaus rief uns mitten in der Nacht an, woraufhin wir die ganze Nacht kein Auge mehr zubekommen haben.

Bei der Beerdigung von Maria war Claudia ganz fertig und weinte nur. Danach hatte sie immer weniger Kraft und ihr ging es immer schlechter, denn jetzt war Claudia Vollwaise und hatte keinen ihrer lieben Eltern mehr. Nur noch mich, der Letzte, der ihr blieb und zu ihr stand.

Ein letzter Kampf

Die Zeiten wurden immer härter für uns. Claudia konnte nicht mehr richtig schlafen und ich daneben natürlich auch nicht mehr, denn jedes Geräusch schreckte mich auf und ich hatte die Befürchtung, dass was mit Claudia ist. Meistens nach zwei bis drei Tagen, mit nur wenig Schlaf waren wir dann so fertig, dass wir in einen regelrechten Erschöpfungsschlaf fielen. Aber die Noteinsätze und die Bereitschaften wurden immer heftiger, sodass ich den ganzen Tag über sehr aufgedreht war. Das belastete natürlich auch Claudia. Es war ein Kreislauf ohne Ende, aber wir gaben beide nicht auf. Wie denn auch?

Ihre Krankheit und unsere Situation hatte eine sehr schwierige Phase erreicht und stellte uns in allen Belangen auf die Probe. Alles davon kann und will ich nicht erzählen. Nur so viel sei gesagt, es war eine Phase, in der viele Patienten und Pflegende das Handtuch geschmissen hätten, nur wir zwei nicht! Wir kämpften weiter bis zum Schluss, bis nichts mehr geht. Das hatte ich Claudia versprochen und solang ich noch laufen und frei denken konnte, wollte ich das auch einhalten!

2013 musste Dr. Franz wieder zu einem Noteinsatz an Claudias Bett eilen. Er behandelte sie wieder zu Hause, sodass sie nicht in das Krankenhaus musste, aber sie wurde immer schwächer. Dr. Franz zeigte mir, wie ich ihre

Medikamente einstellen sollte, sodass sie ihr Gesundheitsstand – je nach Lage – angeglichen werden konnte. Durch das Kortison und die Schmerztropfen hatte sie gesagt, sie habe keine Schmerzen, aber sie hatte immer mehr Schwindel und weniger Kraft. Selbst der Rollstuhl und die Toilettenstühle brachten in ihrer Situation nicht mehr viel.

Bald fing ich an, sie nur noch zu tragen. Das war am einfachsten und schnellsten, alles andere machte in dieser Lage keinen Sinn mehr.

Sie war aber trotz ihrer Situation immer noch positiv gestimmt und lächelte mich an. »Ich bin froh, dass ich dich habe, mein lieber Siggi. Du bist mein Engel!«, sagte sie zu mir. Das berührte mich sehr und ich antwortete: »Das werde ich auch immer für dich bleiben. Für immer und immer werde ich bei dir bleiben und auf dich aufpassen. Weil du mir der liebste Mensch auf der Welt bist, den ich je getroffen habe.«

Die jährliche Bewertung des Pflegedienstes vor Ort führte dieses Mal nicht wie sonst die Chefin, Frau Seidel, durch, es kam ein Herr Ries, der gleich, als er reinkam, sagte: »Oh, bestimmt mindestens Pflegestufe zwei hätte Claudia.« Ich widersprach ihm und erzählte ihm von dem ewigen Hin und Her, dass man ihr die Pflegestufe zwei verweigert hatte. Herr Ries machte mir Mut und meinte, dass wir da beim MDK noch mal nachhaken sollten. Bis ich Claudia allerdings soweit hatte, dass sie dem zustimmte, hatte schon die Fußball-Weltmeisterschaft 2014 in Brasilien angefangen. Und Claudia sagte, nach der WM solle ich eine Neubewertung der Pflegestufe in Angriff nehmen.

Ab Ende Juni bemerkte ich Veränderungen bei Claudia. Sie hatte nun noch weniger Kraft und konnte so gut wie nichts mehr alleine machen. Selbst beim Treppenlift, bei dem sie sonst alleine die Tasten zum Hoch- und Runterfahren bediente, schaffte sie fast nichts mehr und sagte zur Überspielung der Situation immer: »Och, der Lift geht nicht mehr richtig, der geht als aus.« Aber immer wenn ich ihn bediente, funktionierte er. Aber es schien, als sei ich der Einzige, der Claudias Veränderungen bemerkte. Ich spürte, dass irgendetwas kommen würde, ich wusste nur noch nicht, was. Dr. Franz registrierte dies bei seinem letzten Hausbesuch ebenfalls.

Zu dieser Zeit flog beinahe ein weißer Schmetterling in unserer Hintertür herein. Claudia rief noch von oben, was denn los sei, und ich erzählte ihr vom Schmetterling. Sie lachte und meinte: »Oh, wie schön, ein Schmetterling!« Ab diesen Tag sah ich jeden Tag einen weißen Schmetterling. Überall, vor der Tür, auf der Terrasse, vor dem Fenster, beim Gassi gehen. Einfach überall!

Wir hatten schon sehnsüchtig drauf gewartet, endlich fing die Fußball-Weltmeisterschaft 2014 in Brasilien an und unser DFB-Team startete gleich super los mit einen 4:0 gegen Portugal. Ronaldo CR7 oder ferngesteuerte Unterhose flog schon in der Vorrunde raus und wurde später dafür auch noch Weltfußballer des Jahres!?

Ich hatte aus der Tageszeitung einen doppelseitigen WM-Baum. Dort trug ich schon nach den ersten paar Spielen ein, wer gegen wen antreten könnte und wer meiner Meinung nach Weltmeister wird. Die meisten sagten, Deutschland gegen Brasilien wäre ein tolles Endspiel, aber wenn sie sich mal den Spielplan angeschaut hätten, sah man, dass wir schon im Halbfinale auf Brasilien stoßen würden. Bis auf Griechenland hatte ich alles richtig. Da dachte ich noch, die kämen eine Runde weiter. Ich hatte auch Dr. Franz den Tipp gezeigt und er dachte schon, ich hätte es erst später eingetragen, da alles außer Griechenland richtig gewesen war. Das hätte ich mal in einem Wettbüro abgeben sollen, dann wäre ich jetzt reich!

Und dann kam es zu diesem besagten Halbfinale gegen Brasilien. Was war das für ein Spiel! Eines für die Geschichtsbücher der WM. Das Sensationelle 7:1! Claudia und ich freuten uns sehr. Es war eines der besten Spiele einer deutschen WM-Mannschaft aller Zeiten. Es war wirklich Fußball vom anderen Stern. In der ersten Halbzeit, nach 29 Minuten, stand es schon 5:0 und in 6 Minuten schossen sie 4 Tore, das 2:0 bis 5:0. So was haben wir noch nie gesehen!

Aber leider konnte Claudia nur noch ein Spiel, das zweite Halbfinale – Niederlande gegen Argentinien – sehen, das 2:4 in Elfmeterschießen ausging.

Denn in der Nacht zum 12. Juli, als ich nach oben in das Schlafzimmer ging, hörte ich Geräusche. Ich dachte erst, Claudia weinte. Dann machte ich das Licht an und sah gleich, das ist ein Notfall! Sie lag seitlich, war nicht ansprechbar und hatte Krämpfe. Ich legte sie richtig hin, sodass sie nicht erstickte,

und da es Wochenende und nach Mitternacht gewesen war, rief ich nicht wie üblich bei Dr. Franz an, sondern gleich die 112. Innerhalb von ein paar Minuten war ein Sanitäter vor Ort. Er schaute sich Claudia an und rief sofort einen Krankenwagen, der sie in das Klinikum nach Bad Mergentheim brachte.

Da es so spät schon war, und die Hunde auch sehr unruhig waren, fuhr ich dieses Mal nicht gleich im Krankenwagen mit. Das riet mir auch der Arzt des Krankenwagens, da ich ihr momentan nicht helfen könnte und es so besser wäre. Zu Hause beseitigte ich erst einmal das ganze Chaos der Sanitäter. Auf dem Boden lagen lauter kleine Splitter von zertretenen Spritzen. Als ich damit fertig war, war es schon drei Uhr. Ich war total fertig mit den Nerven, legte mich zwar hin, aber schlafen konnte ich die ganze Nacht nicht. Ich konnte nur an Claudia denken. Ich hoffte und betete, dass sie bald wieder zu uns zurückkommt, denn wir drei brauchten sie doch so sehr.

Ich rief gleich früh morgens im Krankenhaus an und fragte, wie es Claudia gehe. Ihr Zustand war leider unverändert. Man riet mir, mich erst einmal auszuschlafen, bevor ich sie besuchen komme. Auch Dr. Franz war dieser Meinung und meinte, am dritten Tag würde Claudia sicher wieder aufwachen. Dann ginge es ihr sicher besser. Aber ich spürte, dass es dieses Mal alles anders ist.

Auch am zweiten Tag konnte ich natürlich auch fast gar nicht schlafen, so fragte ich bei meinem Nachbarn nach, ob mich einer von ihnen dorthin fahren könnte. Alfons G. versprach mir, mich am Montag, den 14. hinzufahren.

In der Zwischenzeit ging so langsam die WM zu Ende. Erst das Spiel um Platz 3, Brasilien gegen die Niederlande (0:3) und dann das Endspiel, Deutschland gegen Argentinien, wo sich Claudia so drauf gefreut hatte und nun konnte sie es nicht mit ansehen!

Es war toll! Nach der Verlängerung mit einem Tor von Mario Götze wurden wir zum vierten Mal Weltmeister. Und dann haben wir auch noch den zweiten Weltfußballer Messi besiegt. Es war die zweite souveräne WM der Deutschen nach 1990. Die Parallelen waren offensichtlich. Der gleiche Gegner im Endspiel, das gleiche Ergebnis, nur nach Verlängerung und ohne Elfmetertor wie 1990. Aber so richtig konnte ich mich nicht freuen. Wie denn auch in dieser Lage? Claudia ging mir die ganze Zeit im Kopf herum und zum ersten Mal bei einer WM beflaggte ich nicht gleich unser Haus mit der deutschen Fahne wie sonst. Es gab noch Wichtigeres im Leben als Fußball.

Am nächsten Tag fuhr mich mein Nachbar Alfons G. wie versprochen zu Claudia in die Klinik nach Bad Mergentheim. Er wartete unten in der Cafeteria und ich ging nach oben zu ihr. Es war ein schlimmer Anblick, wie sie da lag mit all den Schläuchen und ohne Bewusstsein. Das tat mir so weh.

Alfons sagte zwar, ich solle mir Zeit lassen und wir treffen uns unten in der Cafeteria wieder, aber nach fast zwei Stunden wurde es Zeit. Ich musste wieder runter. Dr. Franz kam auf seinem Heimweg noch extra bei mir vorbei und brachte mir ein paar Beruhigungspillen, sodass ich endlich nach dem dritten Tag mal schlafen konnte.

Ich hatte Bianka auf den Anrufbeantworter gesprochen und ihr erzählt, was passiert war. Als ich gerade zum ersten Male alleine zu Claudia starten wollte, rief mich Bianka an und wir verabredeten uns im Klinikum. Bei ihr hatte es von Bamberg her aber etwas länger wie bei mir gedauert, bis sie eintraf. Wir blieben an diesem Tag noch lange bei Claudia, konnten aber danach nicht gleich losfahren, so aufgedreht waren wir. Also setzten wir uns in die Cafeteria und redeten noch eine Weile miteinander, bis wir dann schließlich fahren konnten.

Ich fuhr jeden Tag zu Claudia ins Krankenhaus und konnte endlich auch mal mit der Ärztin sprechen. Sie sagte mir, dass die Möglichkeit, dass Claudia wieder aufwachen würde, sehr gering war, und es sein könnte, dass sie, wenn sie aufwacht, danach ein Pflegefall sein würde. Auch eine Demenz war nicht ausgeschlossen. Sie sagte mir zudem, dass die Überlebenschance bei ihrer schweren Krankheit eigentlich nur zwei bis drei Jahre betragen würde. Es wäre also ein Wunder, dass sie damit jetzt schon seit fast 16 Jahren lebte. Ja, Claudia sagte immer »Gute Pflege von meinem Mann«. Die Ärztin meinte, dass sie eventuell so lange überlebt hat, weil sie glücklich und zufrieden war.

Ab diesen Tag lag Claudia in der Palliativstation, sodass ihr bestmöglich geholfen werden konnte. Ich blieb jeden Tag stundenlang an ihrem Bett. Bianka nahm unser Lied noch auf, das wir ihr vorspielten und ich erzählte Claudia von unseren schönsten Erlebnissen, vom Urlaub und vieles mehr und hielt meistens ihre Hand oder Schulter dabei. Oder ich erzählte ihr Kopf an Kopf meine Geschichten, sodass wir ganz nah beieinander waren und wir uns spürten. Aber mit jeden Tag wo sie nicht aufwachte, entfernte sie sich immer weiter von mir und dieser Welt.

Eine Welt bricht zusammen

Am 19. Juli waren Claudia und ich genau 25 Jahre und ein Monat zusammen. Ich fuhr morgens zu ihr in das Klinikum. Als ich ankam, kam eine Krankenschwester auf mich zu und nahm mich zur Seite, um mir zu sagen, dass meine Frau Claudia vor ein paar Minuten verstorben ist. Ich hatte zwar schon im Gefühl, dass es passieren könnte, aber da als sie es mir sagte, konnte ich es nicht glauben. Ich musste noch eine Weile warten, bis sie das Zimmer hergerichtet hatten. Man gab mir in der Zwischenzeit eine Karaffe mit Wasser und ich setze mich an einen Tisch, wo mir auch noch der Deckel der Karaffe runterfiel und das Wasser über meine Unterlagen ausschwappte, die ich für Claudia ausfüllen sollte, sodass ich mir neue besorgen musste, bis man mir endlich sagte, dass ich zu ihr könne.

Ich dachte, ich hätte lauter Steine in meinen Bauch, so schwer war dieser Gang in ihr Zimmer. Ich setzte mich noch ein paar Stunden zu ihr und redete mit ihr. Dabei knurrte ihr Bauch noch einmal. Ich wusste nicht, ob ich jetzt lachen oder weinen sollte. Ich sagte zu mir selbst, dass sie mir zum Abschied noch mal antwortete. Ich öffnete das Fenster, nicht unbedingt, um ihre Seele fliegen zu lassen, sondern weil es ein sehr heißer Tag war. Und da sah ich ein Zeichen. Stellt euch vor, am Fenster flog ein weißer Schmetterling vorbei, zu dem sie jetzt anscheinend geworden war.

Machs gut, mein kleiner weißer Schmetterling Claudia. Es war schön mit dir. Die Zeit, die ich mit dir hatte, werde ich nie vergessen. Und besonders Dich werde ich nie vergessen, denn es war die schönste Zeit mit den liebsten Schatz, den ich je hatte in meinen Leben.

Ein schwerer Gang

Ich lief ganz langsam zu meinem Auto auf dem Parkplatz und machte das Auto erst einmal eine ganze Weile auf wegen der Hitze, dann griff ich nach dem Ticket für die Parkschranke, das mir natürlich vor lauter Datterrichkeit unter den Sitz fiel. Ich brauchte erst eine Weile, bis ich es wieder hatte. Dann konnte ich erst nach Hause starten. Ich fuhr sehr behutsam, weil ich merkte, es war keine Befreiung, wie die Ärzte behaupteten. Für mich war es, als hätte mir einer mein Herz rausgerissen, als stünde ich am Abgrund einer Schlucht, ohne Boden unter den Füßen zu haben! Zum Glück kam ich aber heile nach Hause zu meinen zwei Hunden, Knox und Snoopy, die mich dann auch stürmisch begrüßten und auch gleich bemerkten, dass ich alleine wiederkam – ohne ihre Mutti Claudia.

Abschied für immer

Am Tag von Claudias Beerdigung konnten Bianka und ich uns noch mal vorher von ihr am offenen Sarg verabschieden. Bianka sagte noch, sie ist ohne Falte gestorben. Ich streichelte noch ein letztes Mal Claudias Wange und sagte mir, ich habe dich lieb für immer und immer bleibst du mein liebster Schatz und Mensch auf dieser Erde. Ich werde dich nie vergessen und jeden Tag an dich in Liebe denken. Mach es gut, mein kleiner Weißer Schmetterling, fliege in den Himmel und beschütze mich, Knox und Snoopy von oben – als Engel, der du jetzt bist.

Ralf war schon in der Kirche und baute seine Kamera auf. Er machte wie bei der Hochzeit schon von uns die Fotos und dazu noch ein Film mit unserem Song im Hintergrund. Das hat er toll gemacht.

In der Kirche mit Claudias Sarg und dem Kondolenzfoto vor mir, wurde mir bewusst, dass ich sie jetzt zum letzten Male sehe und sie für immer loslassen muss. Das tat sehr weh und ein paar Tränen kullerten mir die Wange herunter.

Ich wollte auch nicht in der Kirche unhöflich über meine Schulter blicken, um zu sehen, wer alles zu Claudias Beerdigung gekommen war. Das machte man nicht und es ist unhöflich. Das brachte mir Claudia bei und vieles mehr. Also schielte ich nur ein wenig um mich herum und sah schon den einen oder anderen Bekannten, der gekommen war. Dann war noch der schwere Gang von der Kirche bis zum Grab. Bevor sie Claudia hinunter abließen, berührte ich noch ein Mal ihren Sarg, um mich zum allerletzten Mal von ihr zu verabschieden, dazu spielte man unser Lied über Lautsprecherboxen ab. Erst da sah ich zum ersten Mal die Grabstätte. Ich hatte an alles im Vorfeld gedacht, nur nachzufragen, welche Grabstätten möglich wären, daran hatte ich nicht gedacht.

Denn im ersten Moment hatte mir diese direkt an der Mauer gar nicht gefallen, aber nach einer Zeit fand ich sie gar nicht mehr so schlecht. Es sollte halt so sein.

Es waren etwa die Hälfte ihrer besten Freunde gekommen und einige von unseren, dann noch ein paar Verwandte und viel mehr Külsheimer, als ich dachte. Und natürlich die eine Person, die Claudia auf ihrer Beerdigung unbedingt nicht haben wollte. Diese hatte sich am Ende der Reihe eingeklinkt, aber das war mir in diesem Moment auch völlig egal gewesen. Diese benannte Person war Biankas Mutter. Aber das ist wiederum eine ganz andere Geschichte.

Danach wurden wir noch von unseren Nachbarn, Erika und Alfons, zum Kaffee und Kuchen eingeladen, an dem ihre liebsten Leute teilnahmen. Zuerst wollte ich solch ein Treffen gar nicht veranstalten, weil Claudia meinte auch mal, dass sie so etwas nicht wolle, aber es war so nett gemacht und die Leute hatten auch noch Lust, ein wenig beieinanderzusitzen und Claudia zu gedenken. Am Ende hatte es allen so gut gefallen, dass wir beschlossen, uns an Claudias erstem Todestag wiederzutreffen, um ihr zu gedenken!

Um noch einmal auf das Thema Freunde zurückzukommen: Bis zu Claudias Tod hatten wir leider keine weiteren Besuche mehr, bis auf die schon gesagten hier in Külsheim, was sehr schade war. Besonders für Claudia tat mir es leid, dass keiner mehr an sie dachte und das tat mir auch sehr weh. Claudia bestimmt auch, die es aber mit ihrem Spruch überspielte. »Aus den Augen aus dem Sinn!«, sagte sie.

Zu dieser Zeit, unserer schlimmsten in unserem Leben, hießen unsere besten zwei Freunde Knox und Snoopy, die uns in dieser Zeit als einzige zur Seite standen. Hätten wir sie da nicht gehabt, wäre alles noch viel schlimmer gewesen, insbesondere für Claudia, für die die Hunde eine gute Therapie und gute Freunde waren.

Die Zeit nach Claudia

Der weiße Schmetterling, er war auch zur Beerdigung wieder da und flog über Claudias Sarg und wohnte der gesamten Beerdigung bei. Jeden Tag, immer wenn ich an Claudias Grab war, flog er dort umher. Er begleitete mich auf Schritt und Tritt. Ich fühlte mich bei seinem Anblick jedes Mal so, als würde ich Claudia Hallo sagen. Den ganzen Sommer lang flatterte er fröhlich umher und gab mir auch ein wenig Kraft in meiner Einsamkeit.

Nun begann aber auch die bis dahin schwerste Zeit in meinen Leben. Snoopy und Knox waren zwar ein Trost, aber konnten mir bei weitem Claudia nicht ersetzen, denn sie war mir mein liebster und bester Mensch. Nun stand ich ganz alleine da. Ja, ich war zum allerersten Male in meinem Leben ganz alleine hier in Külsheim. Vor Ort hatte ich zwar auch viele Bekannte, die ich auf der Straße traf, aber ich wohnte zum ersten Mal ganz allein. Früher lebte ich bei meinen Eltern und danach war ich über 25 Jahre mit Claudia zusammen. Ich hatte keinen, bei dem ich mal kurz vorbei gehen konnte, um mal etwas abzuschalten. Beste Freunde um die Ecke hatte ich hier leider keine und anrufen konnte ich auch nicht zu jeder Zeit. Nach über 20 Jahren waren keine engeren Kontakte mehr da, denn jeder lebte in zwischen sein eigenes Leben.

Wo bist du Claudia?

Ich bin so alleine und weiß nicht, was ich jetzt machen soll. Das Leben ist auf einmal ohne Sinn und Aufgabe für mich. Viele in meiner Situation würden jetzt vom Dach springen oder sonstigen Blödsinn betreiben. Dr. Franz sagte zu mir, ich hätte psychische Schmerzen, die in meinem Körper umhergehen. Ich hatte auf einmal Schmerzen im ganzen Körper, die ständig von Kopf bis Fuß wanderten, weil ich den Verlust von Claudia innerlich im Kopf und im Körper nicht verkraftete. Claudias Vater hatte immer gesagt, den Schmerz, der momentan an stärksten ist, den spürt man. Und so war es auch. Einen Tag hatte ich Zahn- und Kieferschmerzen, dann Knieschmerzen, Genickschmerzen, Schmerzen im Rücken, in den Füßen und so weiter. Es war einfach sehr schlimm, aber mein Motto ist ja immer, weiter wie ein Roboter und nie aufgeben! Das Leben geht immer weiter, nur manchmal gibt es sehr schlimme Zeiten, die man einfach überwinden muss, auch wenn es sehr schwerfällt. Es wurde auch nach ein paar Monaten etwas besser. Die ersten sechs bis neun Monate ohne Claudia waren die allerschlimmste Zeit für mich.

Eine Besserung für meinen Rücken bekam ich durch die Massagen von Katrin F. – hier aus Külsheim. Sie kannte mich noch durch die Stadtratswahl 2009 in Külsheim, wo sie auch Kandidatin war. Leider ist Katrin heute nicht mehr in Külsheim anzufinden, sondern in Gamburg, was aber auch nur zwei Orte weiter ist.

Bis heute ist es für mich ein Ritual geworden, dass der Tag erst für mich beginnen kann, nachdem ich Claudias Grab besucht habe. Erst danach kann der Tag angegangen werden.

Claudia hatte mir des Öfteren mal gesagt: »Du hastest so ein bewegtes Leben, du könntest direkt darüber ein Buch schreiben«. Ich sagte ihr dann: »Wenn ich mal die Zeit dafür habe, fange ich damit an und die Hauptperson in diesem Buch wirst dann du sein – mit deinem Foto auf dem Cover«.

»Oh ja, das wäre schön!«, sagte sie und freute sich darauf. »Schaun mer mal, vielleicht wird dieser Traum mal Wirklichkeit«, entgegnete ich ihr.

Nachwort

Am 19. Juli 2015, am ersten Jahrestag, haben wir, ihre besten Freunde, uns noch mal an Claudias Grab getroffen, um sie zu ehren und an sie zu denken. Der Tag fiel sehr günstig auf einen Sonntag, sodass auch Freunde dabei sein konnten, die es zur Beerdigung nicht geschafft hatten. Besonders freute mich, dass unter anderem auch ihre besten Freunde aus alten Zeiten kamen: Dr. Detlev W. und Georg K. Auch meine Nichte Tanja und ihr Mann Markus mit dem kleinen Jonas waren zum ersten Mal in Külsheim. An diesem Tag hatten sie eigentlich Gewitter und bis zu 80% Regen gemeldet, aber zum Glück ist es zu dieser Zeit trocken geblieben und es hat alles gut geklappt. Wir haben uns noch mal alle bei Alfons getroffen und über Gott und die Welt geschwätzt.

Es war ein schönes und gut gelungenes Gedenken an Claudia gewesen. Danke an alle, die da waren und somit an sie dachten!

Dr. Franz hatte Claudia öfters mal gesagt, dass sie in ihrer Situation mit ihrer schweren Krankheit doch noch glücklich und zufrieden wirke. Sie sagte immer, es liegt an der guten Pflege ihres Mannes, und bedankte sich sehr oft, dass ich die letzte Person in ihrem Leben war, wo immer zu ihr stand und sie nie im Stich gelassen hatte, sie bis zuletzt pflegte und betreute. Sie hatte ihre Krankheit

15 Jahre, 3 Monate und 6 Tage und wir beide waren genau auf den Tag 25 Jahre und einen Monat zusammen.

Auch Claudias Mutter Maria betreute ich 12 Jahre gleichzeitig noch nebenbei, da sie auch immer nur von mir betreut werden wollte. Fast immer wenn ich sie mal besuchte, drückte und küsste sie mich ganz fest und sagte: »Schön, dass ich dich habe. Ich habe ja sonst keinen mehr, der mir hilft und für mich da ist.«

Ja, an meinen liebsten Menschen und Verwandten liegt mir viel und sie sind mir sehr wichtig. Leider gibt es heutzutage immer mehr Menschen, denen das egal ist und die armen Kranken und alten Menschen im Stich lassen oder ihnen sogar noch großen Ärger bereiten. Es gibt halt immer mehr Dagobert Ducks auf der Welt, die nur die Dollar- oder Eurozeichen in den Augen haben und sonst nichts anderes!

Und kurz vor Claudias ersten Geburtstag ohne sie, sagte ich mir, warum denn eigentlich nicht, und fing an, diese Autobiografie über mich zu schreiben. Ohne diese Worte von Claudia in meinen Ohren hätte ich niemals an so was gedacht. Ja man sollte sich einfach im Leben des Öfteren von seinen Gefühlen leiten lassen, so wie ich das auch immer machte. Dabei können manchmal so wunderbare Dinge, wie sie mir passiert sind, geschehen!

Nehmt euch einfach den Mut dazu und versucht einfach mal das eine oder andere, das euch Freude bereiten könnte!

Das Ganze hat mir jetzt so viel gebracht, dass mein Kopf in meiner Situation freier geworden ist und es auch noch Spaß gemacht hat, sodass ich mich weiterhin als Autor und Schriftsteller versuchen werde. Nächstes großes Ziel wäre dann, es zu verfilmen, aber es sollte schon mindestens Hollywood sein. ;-)

Ja, das Leben läuft meistens nicht so, wie man sich das erhofft und vorgestellt hat. Es sucht sich seinen eigenen Weg

– wie ein altes Flussbett, das mal rechts oder links abzweigt und einen an Orte führt, an die man nie gedacht hätte.

Ich dachte, mein Leben wäre ohne Claudia jetzt auch vorbei, aber ich denke und hoffe, dass jetzt mein letztes und auch noch schönes Lebensdrittel beginnt, das vielleicht gar nicht so schlecht werden könnte. Claudia sagte ja auch, dass sie sich freuen würde, wenn ich nach ihr auch noch mal eine schöne Zeit verbringen könne und hoffentlich auch wieder eine liebe Frau finde, weil ich ihr und ihrer Familie immer zur Seite stand. Darauf antwortete ich ihr immer: »Ich will doch nur für immer dich Claudia!«

Manche Leute fragten mich nach meinem Befinden, wie es mir geht, im Netz, per Telefon und auf der Straße. Denen sagte ich, seit dem ich mein Buch schreibe, geht es mir etwas besser!

Im Netz fragte Anja öfter mal nach. Sie kannten wir schon von Aschaffenburg und Hainstadt und dann als Model für das SiSei-Magazine. Vor allem wenn ich beim Gassi meine große Runde machte, kam ich am Haus von Angela vorbei und sie fragte mich fast immer, wie weit ich denn mit meinem Buch sei und freute sich immer für mich, wenn ich ein paar Seiten mehr geschrieben hatte.

Und auch Ingrid, die meistens mit ihren Dackel Wastel an der Mauer vorbeikam, wenn ich an Claudias Grab stand, fragte mich auch öfter nach dem aktuellen Stand meines Buches.

Heute am 15. Juli 2015, fast ein Jahr nach Claudias Tod, haben wir unseren supergalaktischen Turbo-Grabstein bekommen, ein Teil, das aussieht wie eine Mischung aus einem modernen und einen Urgrabstein aus der Germanen Zeit. So einen Stein haben sie in Külsheim noch nicht gesehen! Manche fragten schon, ob das ein Kometen- oder Vulkanstein ist, weil er so glitzert und einfach außerirdisch aussieht. Und natürlich ist auf dem

Grabstein auch der weiße Schmetterling drauf, der in den Himmel fliegt!

Danke noch mal dir Dominik W. und eurer Firma, für den super Service und die Zusammenarbeit mit dem schönen Grabstein!

Es hatte ja auch lange genug gedauert, bis ich die richtige Firma für den Grabstein gefunden hatte. Mein Bauchgefühl führte mich hier in die richtige Richtung.

Viele, oft sogar fremde Leute, sprechen mich wegen des Grabsteins an und sagten, dass er ihnen sehr gefalle. Ich hörte sogar, dass man sich im halben Ort darüber unterhält und manche extra wegen des Steins den Friedhof besuchten und er auch schon öfters mal fotografiert wurde.

Ich hatte auch Glück mit den Leuten hier in Külsheim in Sachen Grabpflege. Viele nette Leute halfen mir. Dabei kamen sie einfach auf mich zu. Barbara und ihre holländische Freundin und Erika G. sowie ihr Bruder Hubert halfen mir sehr dabei.

Also Leute, wie ihr seht, wenn ihr nie aufgebt im Leben, auch wenn es mal schwierig wird, vieles anpackt, und noch ein wenig Glück dazu habt, dann werdet ihr in die richtige Richtung gelenkt. Es eröffnet euch die eine oder andere Chance – ergreift sie gleich, sonst ist sie weg, denn das leben kann so schnell vorbei sein. Später sagt man sich dann »Hätte ich es mal gemacht oder zumindest versucht«. Immer weiter wie ein Roboter und nie aufhalten lassen von irgendwas oder irgendwem!

Und wenn ihr mal die Liebe eures Lebens gefunden habt, dann haltet sie ganz fest und lasst sie nie mehr los! Genießt die schönen Stunden, die so schnell verrinnen. Lebt euer Leben genau in dieser Zeit, denn das ist das wahre Leben, das ihr nur in dieser Zeit habt und das so schnell vorbei sein kann! Das werdet ihr nie vergessen.

Liebe Leserinnen und Leser, dieses Buch ist meine eigene Biografie und über 90% in diesem Buch sind mir wirklich in meinem Leben so passiert. Es wurde teilweise nur der Ablauf oder Kleinigkeiten daran verändert, und somit ist sie auch zu einem Roman geworden.

Die Leute, die in diesem Buch nicht so positiv davongekommen sind, dies könnte auch an den kleinen Veränderungen liegen. Und dies lässt nun offen, ob jetzt wirklich der eine oder andere das einfach doch lieber auf sich beruhen lassen sollte.

Schauen Sie doch öfters mal in einen Buchladen ihrer Wahl, es könnte ab und zu mal ein neues Werk von mir erscheinen!

Ich danke allen in meinem Buch vorgekommenen Personen und insbesondere den Leuten, die mir bei diesem Buch in irgendeiner Weise geholfen haben. Diese sind unter anderem: Franziska Junghans, Jogi Kraft, Thomas Preuß, Hansi Frensch und Gaby Masching.